POKÉMON ESPADA

WITHDRAWN

GUÍA DEFINITIVA DE LA REGIÓN GALAR

¡ESTADÍSTICAS Y DATOS DE 400 POKÉMON!

POKÉMON ESCUDO

Altea

El papel utilizado para la impresión de este libro ha sido fabricado a partir de madera
procedente de bosques y plantaciones gestionadas con los más altos estándares ambientales,
garantizando una explotación de los recursos sostenible con el medio ambiente y beneficiosa para las personas.

Guía definitiva de la región Galar

Título original: *Pokémon. Handbook to the Galar Region*

Primera edición en España: noviembre, 2020
Primera edición en México: enero, 2021

© 2020 Pokémon. © 1995-2020 Nintendo / Creatures Inc. / GAME FREAK inc.
TM, ®, and character names are trademarks of Nintendo.

D. R.   2021, Penguin Random House Grupo Editorial, S.A.U.
Travessera de Gràcia, 47-49, 08021, Barcelona

D. R. © 2021, derechos de edición mundiales en lengua castellana:
Penguin Random House Grupo Editorial, S. A. de C. V.
Blvd. Miguel de Cervantes Saavedra núm. 301, 1er piso,
colonia Granada, alcaldía Miguel Hidalgo, C. P. 11520,
Ciudad de México

penguinlibros.com

Traducción: Igor Rodinski
Diseño original del libro: Cheung Tai y Kay Petronio
Realización y adaptación: Jimena Castillo y Javier Vime

ISBN: 978-607-319-961-2

Impreso en México — *Printed in Mexico*

CONTENIDO

¡Bienvenidos a la región Galar!

¡Hay mucho por explorar en esta nueva y emocionante región! Descubrirás montones de nuevos Pokémon, encontrarás nuevas evoluciones de Pokémon que ya conocías y aprenderás nuevas habilidades que muchos Pokémon comunes han desarrollado.

Los Pokémon tienen un papel muy importante en la región Galar y sus batallas son muy populares. La clave del éxito con los Pokémon es estar bien informado. Los detalles sobre el tipo, la altura y el peso de cada uno de ellos pueden marcar la diferencia al criar, batallar y evolucionar tu Pokémon.

En este libro obtendrás todas las estadísticas y datos que necesitas saber de los Pokémon de Galar. ¡Descubrirás cómo evoluciona cada uno, cuáles son sus habilidades y debilidades, qué Pokémon tienen el potencial de Gigamax y mucho más!

¡Reúne y entrena tantos Pokémon como puedas!

Comienza tu viaje eligiendo uno de estos tres Pokémon...

GROOKEY   SCORBUNNY   SOBBLE

Una vez que hayas escogido tu primer Pokémon, puedes atrapar y luchar contra otros Pokémon.

Así que prepárate, Entrenador. ¡Pronto estarás listo para dominar casi cualquier desafío Pokémon! Para saber más, pasa a la siguiente la página...

¿Qué son los Pokémon?

Los Pokémon son criaturas con distintos tamaños, formas y personalidades.

Viven en muchos lugares distintos, como océanos, ríos, montañas, cuevas, bosques y campos, entre otros. Los Entrenadores pueden encontrar, capturar, entrenar, intercambiar, coleccionar y usar Pokémon en batallas contra rivales con el objetivo de convertirse en los mejores Entrenadores Pokémon.

Este libro contiene cuatrocientas especies conocidas de Pokémon. En la mayoría de estas especies hay muchos Pokémon individuales; algunos, como Wooloo, viven en manada y otros, como Zacian y Zamazenta, están catalogados como Pokémon Legendarios.

Cada Pokémon individual tiene su propia personalidad.
Por ejemplo, hay muchos Pikachu, pero un Entrenador
puede tener uno muy especial que sea su amigo.

El objetivo de un Entrenador es ser amable y atrapar Pokémon
en la naturaleza para después entrenarlos con el fin de que
luchen entre sí. Los Pokémon no se hacen mucho daño en las
batallas. Si son derrotados, se desmayan y después regresan
a la Poké Ball para descansar y curarse. El trabajo de un
Entrenador es cuidar lo mejor posible de su Pokémon.

Cómo usar esta guía

Este libro te proporciona las estadísticas y los datos básicos que necesitas saber para comenzar tu viaje Pokémon. Esto es lo que descubrirás sobre cada uno de ellos:

NOMBRE

TIPO

Cada Pokémon tiene un tipo ¡y algunos incluso tienen dos! Los Pokémon con dos tipos se conocen como Pokémon de tipo dual. Cada tipo de Pokémon tiene sus ventajas e inconvenientes.

CATEGORÍA

Todos los Pokémon pertenecen a una determinada categoría de especies.

PRONUNCIACIÓN

Cuando se trata de pronunciación Pokémon, ¡es fácil que se te trabe la lengua! Hay muchos Pokémon con nombres raros, así que te enseñaremos a pronunciarlos. ¡Enseguida dirás los nombres de los Pokémon con tanta perfección que parecerás un auténtico profesor!

ALTURA Y PESO

¿Qué tamaño tiene cada Pokémon? Descúbrelo comprobando sus datos de altura y peso. Y recuerda: las cosas buenas pueden tener cualquier forma y tamaño. Depende de cada Entrenador trabajar con sus Pokémon y aumentar su tamaño.

SEXO

La mayoría de los Pokémon son tanto masculinos (♂) como femeninos (♀), pero algunos tienen sólo un sexo o son de género desconocido.

HABILIDADES

Cada Pokémon tiene una habilidad que puede ayudarlo en las batallas. La habilidad de un Pokémon generalmente se relaciona de alguna manera con su tipo. Ciertos Pokémon tienen una de dos habilidades posibles.

DEBILIDADES

En una batalla, la efectividad de los movimientos de un Pokémon depende del tipo de oponente. ¡Las debilidades de un Pokémon te dicen qué otros tipos podrán causarle más daño en un ataque!

EVOLUCIÓN

Si tu Pokémon tiene una forma evolucionada o una forma preevolucionada, te mostraremos su lugar en la cadena y cómo evoluciona.

DESCRIPCIÓN

¡El conocimiento es poder! Los Entrenadores Pokémon tienen que saber lo que hacen. Aquí descubrirás todo lo que necesitas saber sobre tu Pokémon.

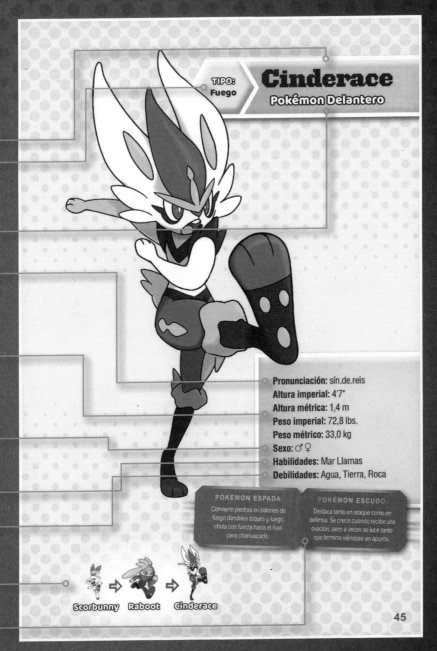

TIPO: Fuego

Cinderace
Pokémon Delantero

Pronunciación: sín.de.reis
Altura imperial: 4'7"
Altura métrica: 1,4 m
Peso imperial: 72,8 lbs.
Peso métrico: 33,0 kg
Sexo: ♂ ♀
Habilidades: Mar Llamas
Debilidades: Agua, Tierra, Roca

POKÉMON ESPADA:
Convierte piedras en balones de fuego dándoles toques y, luego, chuta con fuerza hacia el rival para chamuscarlo.

POKÉMON ESCUDO:
Destaca tanto en ataque como en defensa. Se crece cuando recibe una ovación, pero a veces se luce tanto que termina viéndose en apuros.

Scorbunny ⇨ Raboot ⇨ Cinderace

45

GIGAMAX POKÉMON

En la región Galar, algunos Pokémon disponen de la forma Gigamax. ¡Es un tipo especial de Dynamax que aumenta su tamaño y cambia su apariencia! Los Pokémon Gigamax son muy raros —no todos los Pokémon de una especie determinada poseen esta forma— y cada uno tiene acceso a un movimiento G-Max especial.

Los tipos de Pokémon

El tipo es la clave para desatar el poder de un Pokémon.

El tipo de un Pokémon puede decirte mucho sobre él: desde dónde encontrarlo en campo abierto, hasta los movimientos que podrá ejecutar en la batalla. Por ejemplo, los Pokémon de tipo Agua suelen vivir en lagos, ríos y océanos.

Un entrenador inteligente siempre debe considerar el tipo de Pokémon que elige para un combate, porque éste te dice sus fortalezas y debilidades. Por ejemplo, un Pokémon de tipo Fuego puede derretir a uno de tipo Hielo, pero, contra uno de tipo Agua, puede acabar él mismo con el agua al cuello. Y, mientras uno de tipo Agua suele tener ventaja contra uno de tipo Fuego, puede ser un simple rociador para un Pokémon de tipo Planta. En cambio, cuando ese mismo tipo Planta lucha contra un tipo Fuego, igual acaba chamuscado.

BICHO

PLANTA

SINIESTRO

TIERRA

DRAGÓN

HIELO

ELÉCTRICO

NORMAL

HADA

VENENO

LUCHA

PSÍQUICO

FUEGO

ROCA

VOLADOR

ACERO

FANTASMA

AGUA

Las batallas

¿PARA QUÉ SIRVEN?

Hay dos razones básicas para que un Pokémon luche. Una es para entrenar. Puedes combatir contra otro Entrenador en una competición amistosa. Tus Pokémon son los que luchan, pero tú decides cuáles escoger y qué movimientos usar.

La segunda razón es atrapar Pokémon salvajes. Estos Pokémon no están entrenados ni tienen dueño. Se pueden encontrar casi en cualquier lugar. La batalla es una de las principales formas de atrapar Pokémon. Pero los Pokémon de otros Entrenadores no están a tu alcance. No puedes capturar a sus Pokémon aunque los venzas en una competición.

¿QUÉ POKÉMON UTILIZAR?

Mientras te preparas para tu primera batalla, puedes tener varios Pokémon entre los que elegir. Usa los datos de este libro para ayudarte a decidir qué Pokémon sería el mejor. Si te enfrentas a un tipo Fuego, como Scorbunny, puedes apagar sus chispas con un tipo Agua como Sobble.

CARA A CARA

Tu Pokémon y tú tendrán que enfrentarlos y, con suerte, vencer a todos y cada uno de los Pokémon del equipo del Entrenador rival. Ganas cuando tus Pokémon hayan derrotado a todos los del otro Entrenador. Un Pokémon es derrotado cuando se debilita tanto que se desmaya.

DATOS Y ESTADÍSTICAS DE LOS POKÉMON

¿Listo para saberlo todo sobre cada uno de los Pokémon? ¡Pasa la página y empieza!

Abomasnow

Pokémon Árbol Nieve

TIPO: Planta-Hielo

Pronunciación: a.bó.mas.nou

Altura imperial: 7'3"

Altura métrica: 2,2 m

Peso imperial: 298,7 lbs.

Peso métrico: 135,5 kg

Sexo: ♂♀

Habilidades: Nevada

Debilidades: Fuego, Bicho, Lucha, Volador, Veneno, Roca, Acero

POKÉMON ESPADA:

Usa sus enormes brazos como si fueran martillos para ahuyentar a los grupos de Darumaka que acechan a los Snover.

POKÉMON ESCUDO:

Posee la capacidad de generar ventiscas. Si agita su enorme cuerpo, el terreno circundante queda inmediatamente cubierto de nieve.

Snover   Abomasnow

Accelgor

Pokémon Sincaparazón

TIPO: Bicho

Pronunciación: ak.zél.gor

Altura imperial: 2'7"

Altura métrica: 0,8 m

Peso imperial: 55,8 lbs.

Peso métrico: 25,3 kg

Sexo: ♂♀

Habilidades: Hidratación / Viscosidad

Debilidades: Fuego, Volador, Roca

POKÉMON ESPADA:

Lucha escupiendo veneno y moviéndose a una velocidad de vértigo. Ha protagonizado películas y cómics de gran éxito.

POKÉMON ESCUDO:

Tras deshacerse del caparazón, su agilidad ha aumentado. Las membranas que le recubren el cuerpo evitan que se deshidrate.

Shelmet   Accelgor

Aegislash
Pokémon Espada Real

Forma Escudo

Pronunciación: é.yis.lash
Altura imperial: 5'7"
Altura métrica: 1,7 m
Peso imperial: 116,8 lbs.
Peso métrico: 53,0 kg
Sexo: ♂ ♀
Habilidades: Cambio Táctico
Debilidades: Fuego, Fantasma, Siniestro, Tierra

POKÉMON ESPADA:
Gracias a su cuerpo de acero y a una barrera de poder espectral, crea una defensa que le permite mitigar prácticamente cualquier ataque.

POKÉMON ESCUDO:
Mediante el control ejercido con su inmenso poder espectral, logró que humanos y Pokémon le forjaran un país a medida de sus necesidades.

Forma Filo

Honedge ⇨ Doublade ⇨ Aegislash

15

Alcremie

Pokémon Nata

TIPO:
Hada

Pronunciación: ál.kre.mi
Altura imperial: 1'
Altura métrica: 0,3 m
Peso imperial: 1,1 lbs.
Peso métrico: 0,5 kg
Sexo: ♀
Habilidades: Velo Dulce
Debilidades: Acero, Veneno

POKÉMON ESPADA:
Obsequia bayas decoradas con nata a aquellos Entrenadores en los que confía.

POKÉMON ESCUDO:
La nata que le brota de las manos es más dulce y sustanciosa cuando está feliz.

Milcery   Alcremie

Alcremie Gigamax

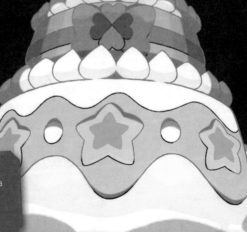

Altura imperial: 98'5"+
Altura métrica: >30,0 m
Peso imperial: ????,? lbs.
Peso métrico: ???,? kg

POKÉMON ESPADA:
Su cuerpo rezuma nata sin cesar. Cuanto más potentes sean los ataques que recibe, más consistente se vuelve.

POKÉMON ESCUDO:
Los proyectiles de nata que dispara tienen un aporte energético de 100 000 kcal y provocan fuertes mareos a quienes alcanzan.

16

Appletun
Pokémon Manzanéctar

Pronunciación: á.pel.tan
Altura imperial: 1'4"
Altura métrica: 0,4 m
Peso imperial: 28,7 lbs.
Peso métrico: 13,0 kg
Sexo: ♂♀
Habilidades: Maduración / Gula
Debilidades: Volador, Hielo, Dragón, Veneno, Hada, Bicho

POKÉMON ESPADA:
Ha evolucionado tras ingerir una manzana dulce. De ahí que el olor que emana para atraer a sus presas, los Pokémon insecto, sea tan agradable.

POKÉMON ESCUDO:
Su cuerpo está recubierto de néctar. La piel de la espalda es tan dulce que los niños de antaño solían tomarla como merienda.

Appletun
Applin
Flapple

Appletun Gigamax

Altura imperial: 78'9"+
Altura métrica: >24,0 m
Peso imperial: ????,? lbs.
Peso métrico: ???,? kg

POKÉMON ESPADA:
Expulsa grandes chorros de néctar con los que rocía y cubre por completo al rival, que acaba asfixiado bajo el fluido viscoso.

POKÉMON ESCUDO:
A causa del fenómeno Gigamax, su néctar se hace más viscoso y puede absorber gran parte de los ataques que recibe.

Applin

Pokémon Manzanido

TIPO: Planta-Dragón

Pronunciación: á.plin
Altura imperial: 8"
Altura métrica: 0,2 m
Peso imperial: 1,1 lbs.
Peso métrico: 0,5 kg
Sexo: ♂ ♀
Habilidades: Maduración / Gula
Debilidades: Volador, Hielo, Dragón, Veneno, Hada, Bicho

POKÉMON ESPADA:
Habita durante toda su vida en el interior de una manzana. Finge ser una fruta para protegerse de los Pokémon pájaro, sus enemigos naturales.

POKÉMON ESCUDO:
Nada más al nacer se refugia en una manzana, cuyo interior va devorando a medida que crece. El sabor de la fruta determina la evolución.

Applin → Appletun
Applin → Flapple

Araquanid

Pokémon Pompa

TIPO: Agua-Bicho

Pronunciación: a.rá.kua.nid
Altura imperial: 5'11"
Altura métrica: 1,8 m
Peso imperial: 180,8 lbs.
Peso métrico: 82,0 kg
Sexo: ♂ ♀
Habilidades: Pompa
Debilidades: Volador, Eléctrico, Roca

POKÉMON ESPADA:
Usa las patas para lanzar burbujas de agua con las que atrapa y ahoga a sus presas. Luego se toma su tiempo para saborearlas.

POKÉMON ESCUDO:
Cuida al pequeños Dewpider acogiéndolos en su burbuja de agua y dejando que se alimenten de los restos de las presas que ha ingerido.

Dewpider → Araquanid

Arcanine

Pokémon Leyenda

TIPO:
Fuego

Pronunciación: ár.ka.nain
Altura imperial: 6'3"
Altura métrica: 1,9 m
Peso imperial: 341,7 lbs.
Peso métrico: 155,0 kg
Sexo: ♂ ♀
Habilidades: Intimidación / Absorbe Fuego
Debilidades: Tierra, Roca, Agua

POKÉMON ESPADA:
Es capaz de correr 10 000 km al día, lo que deja embelesados a todos los que lo ven pasar.

POKÉMON ESCUDO:
Muchos han quedado cautivados por su belleza desde la antigüedad. Corre ágilmente como si tuviera alas.

 ⇨

Growlithe   Arcanine

Arctovish

Pokémon Fósil

TIPO:
**Agua-
Hielo**

Pronunciación: árk.to.bish
Altura imperial: 6'7"
Altura métrica: 2,0 m
Peso imperial: 385,8 lbs.
Peso métrico: 175,0 kg
Sexo: Desconocido
Habilidades: Absorbe Agua / Gélido
Debilidades: Planta, Eléctrico, Lucha, Roca

POKÉMON ESPADA:
Atrapa a sus presas congelando su entorno, pero la ubicación de la boca encima de la cabeza le genera dificultades para deglutirlas.

POKÉMON ESCUDO:
Aunque la piel de su rostro era capaz de resistir cualquier ataque, su dificultad para respirar acabó provocando su extinción.

No evoluciona.

Arctozolt

Pokémon Fósil

Pronunciación: árk.to.zolt

Altura imperial: 7'7"

Altura métrica: 2,3 m

Peso imperial: 330,7 lbs.

Peso métrico: 150,0 kg

Sexo: Desconocido

Habilidades: Absorbe Elec. / Elec. Estática

Debilidades: Fuego, Tierra, Lucha, Roca

POKÉMON ESPADA:

La parte superior del cuerpo está congelada y, al temblar, genera electricidad. Camina con suma dificultad.

POKÉMON ESCUDO:

Antiguamente vivía en el mar y usaba el hielo del cuerpo para conservar los alimentos. Su extrema lentitud, sin embargo, lo condenó a la extinción.

No evoluciona.

Aromatisse

Pokémon Fragancia

TIPO:
Hada

Pronunciación: a.ro.ma.tís
Altura imperial: 2'7"
Altura métrica: 0,8 m
Peso imperial: 34,2 lbs.
Peso métrico: 15,5 kg
Sexo: ♂♀
Habilidades: Alma Cura
Debilidades: Acero, Veneno

POKÉMON ESPADA:
La fragancia que despide su pelaje es tan potente que puede dejar sin olfato a su Entrenador.

POKÉMON ESCUDO:
Puede emanar tanto un olor desagradable para desmotivar al rival como un dulce aroma para reconfortar a los aliados en combate.

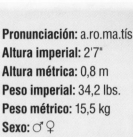

Spritzee ⇨ Aromatisse

TIPO:
Agua

Arrokuda

Pokémon Arremetida

Pronunciación: a.rro.kú.da
Altura imperial: 1'8"
Altura métrica: 0,5 m
Peso imperial: 2,2 lbs.
Peso métrico: 1,0 kg
Sexo: ♂♀
Habilidades: Nado Rápido
Debilidades: Planta, Eléctrico

POKÉMON ESPADA:
Se siente muy orgulloso de su afilada mandíbula. En cuanto detecta el más mínimo movimiento, va directo al objetivo para arremeter contra él.

POKÉMON ESCUDO:
Cuando tiene el estómago lleno, le cuesta moverse y corre el riesgo de ser engullido por algún Cramorant.

Arrokuda ⇨ Barraskewda

Avalugg

Pokémon Iceberg

Pronunciación: á.ba.lag
Altura imperial: 6'7"
Altura métrica: 2,0 m
Peso imperial: 1113,3 lbs.
Peso métrico: 505,0 kg
Sexo: ♂ ♀
Habilidades: Ritmo Propio / Gélido
Debilidades: Fuego, Acero, Lucha, Roca

POKÉMON ESPADA:

Surca las aguas de mares gélidos, situados a altas latitudes, llevando a varios Bergmite en el lomo y confundiéndose entre los icebergs.

POKÉMON ESCUDO:

Las fisuras de su cuerpo se agrandan durante el día, pero por la noche vuelven a cerrarse.

Bergmite ⇨ **Avalugg**

TIPO: Dragón

Axew

Pokémon Colmillo

Pronunciación: ák.siu
Altura imperial: 2'
Altura métrica: 0,6 m
Peso imperial: 39,7 lbs.
Peso métrico: 18,0 kg
Sexo: ♂ ♀
Habilidades: Rivalidad / Rompemoldes
Debilidades: Hielo, Dragón, Hada

POKÉMON ESPADA:

Viven en madrigueras que construyen bajo tierra. Compiten entre ellos para ver quién logra abrir con los colmillos las bayas más duras.

POKÉMON ESCUDO:

Juega con sus congéneres chocando sus enormes colmillos con la tranquilidad de saber que, si se le rompen, se regenerarán enseguida.

Axew ⇨ **Fraxure** ⇨ **Haxorus**

Baltoy

Pokémon Muñeca Barro

TIPO:
Tierra-
Psíquico

Pronunciación: bál.toi
Altura imperial: 1'8"
Altura métrica: 0,5 m
Peso imperial: 47,4 lbs.
Peso métrico: 21,5 kg
Sexo: Desconocido
Habilidades: Levitación
Debilidades: Bicho, Siniestro, Fantasma, Planta, Agua, Hielo

POKÉMON ESPADA:
Se mueve girando una única extremidad. Se han avistado algunos ejemplares capaces de hacerlo cabeza abajo.

POKÉMON ESCUDO:
Fue hallado en unas ruinas antiguas. Se desplaza girando sobre sí mismo y se mantiene sobre una extremidad incluso cuando duerme.

Baltoy ⇒ **Claydol**

Barbaracle

Pokémon Combinación

TIPO:
Roca-
Agua

Pronunciación: bar.bá.ra.kol
Altura imperial: 4'3"
Altura métrica: 1,3 m
Peso imperial: 211,6 lbs.
Peso métrico: 96,0 kg
Sexo: ♂ ♀
Habilidades: Garra Dura / Francotirador
Debilidades: Eléctrico, Lucha, Planta, Tierra

POKÉMON ESPADA:
Su cuerpo está formado por siete Binacle. El situado en la posición central a modo de cabeza suele impartir las órdenes a las extremidades.

POKÉMON ESCUDO:
Los ojos de las manos le permiten ver en todas direcciones. En caso de apuro, sus extremidades se mueven solas para derribar al enemigo.

Binacle ⇒ **Barbaracle**

Barboach

Pokémon Bigotudo

TIPO:
Agua-
Tierra

Pronunciación: bar.bóuch
Altura imperial: 1'4"
Altura métrica: 0,4 m
Peso imperial: 4,2 lbs.
Peso métrico: 1,9 kg
Sexo: ♂ ♀
Habilidades: Despiste / Anticipación
Debilidades: Planta

POKÉMON ESPADA:
Su escurridizo cuerpo es difícil de agarrar. En cierta región se dice que ha nacido de barro endurecido.

POKÉMON ESCUDO:
Examina los lechos lodosos de los ríos con los largos bigotes que tiene. Está protegido por una capa viscosa.

Barboach   **Whiscash**

Barraskewda

TIPO:
Agua

Pokémon Ensarta

Pronunciación: ba.rras.kiú.da
Altura imperial: 4'3"
Altura métrica: 1,3 m
Peso imperial: 66,1 lbs.
Peso métrico: 30,0 kg
Sexo: ♂ ♀
Habilidades: Nado Rápido
Debilidades: Planta, Eléctrico

POKÉMON ESPADA:
Su mandíbula es tan puntiaguda como una lanza y tan dura como el acero. Al parecer, su carne es sorprendentemente deliciosa.

POKÉMON ESCUDO:
Hace girar su aleta caudal para impulsarse y arremeter contra la presa, a la que ensarta a una velocidad que supera los 100 nudos.

Arrokuda   **Barraskewda**

Basculin
Pokémon Violento

Forma Raya Roja

Pronunciación: bás.ku.lin
Altura imperial: 3'3"
Altura métrica: 1,0 m
Peso imperial: 39,7 lbs.
Peso métrico: 18,0 kg
Sexo: ♂ ♀
Habilidades: Adaptable / Audaz (Forma Raya Roja) / Cabeza Roca (Forma Raya Azul)
Debilidades: Planta, Eléctrico

FORMA RAYA ROJA

POKÉMON ESPADA:
Muy popular entre los Pescadores por su fiereza. Ha proliferado debido a la introducción ilegal de ejemplares en los lagos.

POKÉMON ESCUDO:
Un alimento básico de la dieta de antaño. A los jóvenes se les daba Basculin de raya roja por su alto contenido en ácidos grasos.

Forma Raya Azul

FORMA RAYA AZUL

POKÉMON ESPADA:
Antaño formaba parte de la dieta habitual. Al parecer, los ejemplares de raya azul son más ligeros y digestivos.

POKÉMON ESCUDO:
Este Pokémon es conocido por su ferocidad. Le encanta batirse en combate, sobre todo contra bancos de ejemplares de raya roja.

No evoluciona.

Beartic
Pokémon Glaciación

Pronunciación: bér.tik
Altura imperial: 8'6"
Altura métrica: 2,6 m
Peso imperial: 573,2 lbs.
Peso métrico: 260,0 kg
Sexo: ♂ ♀
Habilidades: Manto Níveo / Quitanieves
Debilidades: Fuego, Lucha, Roca, Acero

POKÉMON ESPADA:
Congela su aliento y crea colmillos de hielo más duros que el acero. Nada en mares de aguas frías en busca de alimento.

POKÉMON ESCUDO:
Nada plácidamente en mares fríos. Cuando se cansa, congela el agua con su aliento y reposa sobre el hielo.

Cubchoo **Beartic**

Beheeyem
Pokémon Cerebro

Pronunciación: bí.ji.em
Altura imperial: 3'3"
Altura métrica: 1,0 m
Peso imperial: 76,1 lbs.
Peso métrico: 34,5 kg
Sexo: ♂ ♀
Habilidades: Telepatía / Sincronía
Debilidades: Bicho, Fantasma, Siniestro

POKÉMON ESPADA:
Por algún extraño motivo, siempre que se avista un Beheeyem en una granja desaparece un Dubwool.

POKÉMON ESCUDO:
Es capaz de manipular los recuerdos del rival. Se lo avista en ocasiones vagando por campos de trigo.

Elgyem **Beheeyem**

Bellossom

TIPO:
Planta

Pokémon Flor

Oddish → Gloom → Vileplume
Gloom → Bellossom

Pronunciación: be.ló.som
Altura imperial: 1'4"
Altura métrica: 0,4 m
Peso imperial: 12,8 lbs.
Peso métrico: 5,8 kg
Sexo: ♂ ♀
Habilidades: Clorofila
Debilidades: Bicho, Fuego, Volador, Hielo, Veneno

POKÉMON ESPADA:

Abunda en los trópicos. Al bailar, sus pétalos se rozan y emiten un agradable sonido.

POKÉMON ESCUDO:

Los Bellossom se reúnen en ocasiones para ejecutar una especie de danza, considerada un ritual para invocar al sol.

Bergmite

Pokémon Témpano

TIPO:
Hielo

Pronunciación: bérg.mait
Altura imperial: 3'3"
Altura métrica: 1,0 m
Peso imperial: 219,4 lbs.
Peso métrico: 99,5 kg
Sexo: ♂ ♀
Habilidades: Ritmo Propio / Gélido
Debilidades: Fuego, Acero, Lucha, Roca

POKÉMON ESPADA:
Congela la humedad del ambiente exhalando vaho a -100 °C para crear una coraza de hielo con la que protege su cuerpo.

POKÉMON ESCUDO:
Vive en regiones sumamente frías. Se aferra al lomo de los Avalugg congelando sus propias extremidades.

Bergmite → **Avalugg**

TIPO:
Normal-Lucha

Bewear

Pokémon Brazo Fuerte

Pronunciación: bi.uéar
Altura imperial: 6'11"
Altura métrica: 2,1 m
Peso imperial: 297,6 lbs.
Peso métrico: 135,0 kg
Sexo: ♂ ♀
Habilidades: Peluche / Zoquete
Debilidades: Psíquico, Volador, Hada, Lucha

POKÉMON ESPADA:
Expresa su afecto abrazando a quien considera su amigo. Una costumbre peligrosa, ya que su fuerza puede romperle los huesos a cualquiera.

POKÉMON ESCUDO:
Después de abatir a su presa con movimientos que harían palidecer a un luchador profesional, la carga en brazos y se la lleva a su madriguera.

Stufful → **Bewear**

Binacle

Pokémon Dos Manos

Binacle ⇒ **Barbaracle**

Pronunciación: bái.na.kol
Altura imperial: 1'8"
Altura métrica: 0,5 m
Peso imperial: 68,3 lbs.
Peso métrico: 31,0 kg
Sexo: ♂ ♀
Habilidades: Garra Dura / Francotirador
Debilidades: Eléctrico, Lucha, Planta, Tierra

POKÉMON ESPADA:
Dos Binacle conviven adheridos a una misma roca a orillas del mar y colaboran para atrapar a sus presas cuando sube la marea.

POKÉMON ESCUDO:
Si no se llevan bien, no consiguen ni atacar ni defenderse de forma eficaz y sus probabilidades de supervivencia se reducen.

Bisharp

Pokémon Filo

TIPO:
Siniestro-Acero

Pronunciación: bí.sharp
Altura imperial: 5'3"
Altura métrica: 1,6 m
Peso imperial: 154,3 lbs.
Peso métrico: 70,0 kg
Sexo: ♂ ♀
Habilidades: Competitivo / Foco Interno
Debilidades: Lucha, Fuego, Tierra

POKÉMON ESPADA:

Siempre va acompañado por un nutrido séquito de Pawniard, a los que no pierde nunca de vista para evitar posibles motines.

POKÉMON ESCUDO:

Libra encarnizados combates con los Fraxure por el control de los emplazamientos donde se hallan las piedras con las que afila sus cuchillas.

Pawniard ⇨ Bisharp

Blipbug
Pokémon Pupa

TIPO:
Bicho

Pronunciación: blíp.bag
Altura imperial: 1'4"
Altura métrica: 0,4 m
Peso imperial: 17,6 lbs.
Peso métrico: 8,0 kg
Sexo: ♂ ♀
Habilidades: Enjambre /
  Ojo Compuesto
Debilidades: Fuego, Volador, Roca

POKÉMON ESPADA:
Siempre está recopilando información, por lo que es muy inteligente, aunque su fuerza deja bastante que desear.

POKÉMON ESCUDO:
Es habitual verlo en el campo. Los pelos que tiene son sensores con los que percibe lo que ocurre a su alrededor.

Blipbug **Dottler** **Orbeetle**

TIPO:
Roca

Boldore
Pokémon Mineral

Pronunciación: ból.dor
Altura imperial: 2'11"
Altura métrica: 0,9 m
Peso imperial: 224,9 lbs.
Peso métrico: 102,0 kg
Sexo: ♂ ♀
Habilidades: Robustez / Armadura Frágil
Debilidades: Agua, Planta, Lucha,
  Tierra, Acero

POKÉMON ESPADA:
Cuando sus cristales anaranjados comienzan a brillar, conviene tener cuidado, pues es señal de que está a punto de liberar energía.

POKÉMON ESCUDO:
Se vale del sonido para percibir el entorno. Si alguien despierta su ira, lo perseguirá sin cambiar la orientación del cuerpo.

Roggenrola **Boldore** **Gigalith**

Boltund

Pokémon Perro

Pronunciación: ból.tand
Altura imperial: 3'3"
Altura métrica: 1,0 m
Peso imperial: 75 lbs.
Peso métrico: 34,0 kg
Sexo: ♂ ♀
Habilidades: Mandíbula Fuerte
Debilidades: Tierra

POKÉMON ESPADA:
La electricidad que genera y envía a sus patas le ayuda a desplazarse rápidamente. Puede correr sin descanso durante tres días y tres noches.

POKÉMON ESCUDO:
La electricidad le confiere una enorme fuerza en las patas. Su velocidad punta puede superar los 90 km/h sin problema.

Yamper   Boltund

Bonsly

Pokémon Bonsái

Pronunciación: bóns.lai
Altura imperial: 1'8"
Altura métrica: 0,5 m
Peso imperial: 33,1 lbs.
Peso métrico: 15,0 kg
Sexo: ♂ ♀
Habilidades: Robustez / Cabeza Roca
Debilidades: Lucha, Planta, Tierra, Acero, Agua

POKÉMON ESPADA:
Expulsa sudor y lágrimas por los ojos. El sudor es ligeramente salado y las lágrimas tienen un leve regusto amargo.

POKÉMON ESCUDO:
Vive en entornos áridos y pedregosos. Cuanto más se secan sus esferas verdes, más destaca su sutil lustre.

Bonsly   Sudowoodo

Bounsweet

Pokémon Fruto

TIPO: Planta

Pronunciación: báun.suit
Altura imperial: 1'
Altura métrica: 0,3 m
Peso imperial: 7,1 lbs.
Peso métrico: 3,2 kg
Sexo: ♀
Habilidades: Defensa Hoja / Despiste
Debilidades: Fuego, Volador, Hielo, Veneno, Bicho

POKÉMON ESPADA:
El dulce y afrutado aroma que desprende estimula de sobremanera el apetito de los Pokémon pájaro.

POKÉMON ESCUDO:
Cuando lo atacan, produce un sudor dulce y delicioso cuyo aroma atrae a más enemigos.

Bounsweet ⇨ Steenee ⇨ Tsareena

Braviary

Pokémon Aguerrido

TIPO: Normal-Volador

Pronunciación: bréi.bia.ri
Altura imperial: 4'11"
Altura métrica: 1,5 m
Peso imperial: 90,4 lbs.
Peso métrico: 41,0 kg
Sexo: ♂
Habilidades: Vista Lince / Potencia Bruta
Debilidades: Eléctrico, Hielo, Roca

POKÉMON ESPADA:
Un Pokémon osado y orgulloso, cuyo majestuoso porte lo convierte en un motivo heráldico muy popular.

POKÉMON ESCUDO:
Su carácter agresivo e irascible le ha hecho perder su puesto como transportista en Galar en favor de los Corviknight.

 ⇨

Rufflet Braviary

Bronzong

Pokémon Campana Bronce

TIPO: Acero-Psíquico

Pronunciación: bron.zóng
Altura imperial: 4'3"
Altura métrica: 1,3 m
Peso imperial: 412,3 lbs.
Peso métrico: 187,0 kg
Sexo: Desconocido
Habilidades: Levitación / Ignífugo
Debilidades: Fuego, Tierra, Fantasma, Siniestro

POKÉMON ESPADA:
Antaño se lo consideraba una deidad que traía las lluvias. Cuando se enfada, emite un sonido lúgubre que recuerda al tañido de una campana.

POKÉMON ESCUDO:
Basándose en los motivos de su cuerpo, muchos eruditos creen que este Pokémon no es originario de Galar.

Bronzor ⇨ Bronzong

Bronzor

Pokémon Bronce

TIPO: Acero-Psíquico

Pronunciación: brón.zor
Altura imperial: 1'8"
Altura métrica: 0,5 m
Peso imperial: 133,4 lbs.
Peso métrico: 60,5 kg
Sexo: Desconocido
Habilidades: Levitación / Ignífugo
Debilidades: Fuego, Tierra, Fantasma, Siniestro

POKÉMON ESPADA:
Puede encontrarse en ruinas antiguas. El dibujo que presenta en el cuerpo es un misterio, ya que pertenece a una cultura ajena a Galar.

POKÉMON ESCUDO:
Se dice que brilla y refleja la verdad al pulirlo, aunque es algo que detesta.

Bronzor ⇨ Bronzong

Budew

Pokémon Brote

Pronunciación: ba.dú
Altura imperial: 8"
Altura métrica: 0,2 m
Peso imperial: 2,6 lbs.
Peso métrico: 1,2 kg
Sexo: ♂♀
Habilidades: Cura Natural / Punto Tóxico
Debilidades: Fuego, Volador, Hielo,
Psíquico

POKÉMON ESPADA:
Conforme más pura y cristalina sea el agua de su entorno, más venenoso resulta el polen que esparce.

POKÉMON ESCUDO:
Es muy sensible a los cambios de temperatura. Anuncia la llegada inminente de la primavera cuando florece.

Budew → Roselia → Roserade

Bunnelby

Pokémon Excavador

Pronunciación: bá.nel.bi
Altura imperial: 1'4"
Altura métrica: 0,4 m
Peso imperial: 11 lbs.
Peso métrico: 5,0 kg
Sexo: ♂♀
Habilidades: Recogida / Carrillo
Debilidades: Lucha

POKÉMON ESPADA:
Usa hábilmente las orejas para hacer hoyos. Es capaz de excavar una madriguera a 10 m bajo tierra en una sola noche.

POKÉMON ESCUDO:
Está en alerta permanente. En cuanto oye el batir de alas de un Corviknight, cava un agujero y se oculta bajo tierra.

Bunnelby → Diggersby

35

Butterfree

Pokémon Mariposa

TIPO:
Bicho-
Volador

Pronunciación: bá.ter.fri
Altura imperial: 3'7"
Altura métrica: 1,1 m
Peso imperial: 70,5 lbs.
Peso métrico: 32,0 kg
Sexo: ♂ ♀
Habilidades: Ojo Compuesto
Debilidades: Roca, Eléctrico, Fuego,
Volador, Hielo

POKÉMON ESPADA:

Aletea a gran velocidad para
lanzar al aire sus escamas
extremadamente tóxicas.

POKÉMON ESCUDO:

Recoge néctar a diario y se lo
adhiere al pelo de las patas para
llevarlo a su nido.

Caterpie → Metapod → Butterfree

Butterfree Gigamax

Altura imperial: 55'9"+
Altura métrica: >17,0 m
Peso imperial: ????,? lbs.
Peso métrico: ???,? kg

POKÉMON ESPADA:

La energía del fenómeno Gigamax
se cristaliza formando unas
escamas tóxicas que emiten
un fulgor cegador.

POKÉMON ESCUDO:

Envuelve a sus enemigos en un
remolino capaz de lanzar por los
aires un camión de diez toneladas y
los remata con sus escamas tóxicas.

Carkol
Pokémon Carbón

Pronunciación: kár.kol
Altura imperial: 3'7"
Altura métrica: 1,1 m
Peso imperial: 172 lbs.
Peso métrico: 78,0 kg
Sexo: ♂ ♀
Habilidades: Combustible / Cuerpo Llama
Debilidades: Agua, Tierra, Lucha, Roca

POKÉMON ESPADA:
Forma carbón en el interior de su cuerpo. Los antiguos habitantes de Galar lo aprovechaban para sus labores diarias.

POKÉMON ESCUDO:
Gira las patas a gran velocidad para correr a unos 30 km/h. Emite llamas a una temperatura de 1000 °C.

Rolycoly   Carkol   Coalossal

Caterpie
Pokémon Gusano

TIPO:
Bicho

Pronunciación: ká.ter.pi
Altura imperial: 1'
Altura métrica: 0,3 m
Peso imperial: 6,4 lbs.
Peso métrico: 2,9 kg
Sexo: ♂ ♀
Habilidades: Polvo Escudo
Debilidades: Fuego, Volador, Roca

POKÉMON ESPADA:
Para protegerse, despide un hedor horrible por las antenas con el que repele a sus enemigos.

POKÉMON ESCUDO:
Sus cortas patas están recubiertas de ventosas que le permiten subir incansable por muros y cuestas.

Caterpie   Metapod   Butterfree

Centiskorch

Pokémon Radiador

TIPO: Fuego-Bicho

Pronunciación: zén.tis.korch
Altura imperial: 9'10"
Altura métrica: 3,0 m
Peso imperial: 264,4 lbs.
Peso métrico: 120,0 kg
Sexo: ♂♀
Habilidades: Absorbe Fuego / Humo Blanco
Debilidades: Agua, Volador, Roca

POKÉMON ESPADA:
Cuando genera calor, su temperatura corporal alcanza aproximadamente los 800 °C. Usa el cuerpo a modo de látigo para lanzarse al ataque.

POKÉMON ESCUDO:
Posee una naturaleza agresiva. El peligro que entraña su cuerpo candente es considerable, aunque sus afilados colmillos no son menos.

Sizzlipede → Centiskorch

Centiskorch Gigamax

Altura imperial: 246'1"+
Altura métrica: >75,0 m
Peso imperial: ????,? lbs.
Peso métrico: ???,? kg

POKÉMON ESPADA:
La energía del fenómeno Gigamax ha elevado su temperatura corporal hasta superar los 1000 °C. Achicharra al rival con ondas térmicas.

POKÉMON ESCUDO:
Bajo los efectos del fenómeno Gigamax, el calor que irradia Centiskorch es tal que llega a alterar el clima y provocar tormentas.

Chandelure
Pokémon Señuelo

Pronunciación: chan.de.lúr
Altura imperial: 3'3"
Altura métrica: 1,0 m
Peso imperial: 75,6 lbs.
Peso métrico: 34,3 kg
Sexo: ♂ ♀
Habilidades: Absorbe Fuego / Cuerpo Llama
Debilidades: Agua, Tierra, Roca, Fantasma, Siniestro

POKÉMON ESPADA:

Establece su morada en edificios antiguos. Mece las llamas de los brazos de forma siniestra para hipnotizar a sus enemigos.

POKÉMON ESCUDO:

Cuentan que, en las mansiones donde se usaba para la iluminación, los funerales sucedían de forma incesante.

Litwick ⇒ Lampent ⇒

Chandelure

Charizard

Pokémon Llama

TIPO: Fuego-Volador

Pronunciación: chá.ri.zard
Altura imperial: 5'7"
Altura métrica: 1,7 m
Peso imperial: 199,5 lbs.
Peso métrico: 90,5 kg
Sexo: ♂ ♀
Habilidades: Mar Llamas
Debilidades: Roca, Eléctrico, Agua

POKÉMON ESPADA:
Escupe un fuego tan caliente que funde las rocas. Causa incendios forestales sin querer.

POKÉMON ESCUDO:
Sus potentes alas le permiten volar a una altura de 1400 m. Escupe llamaradas que llegan a alcanzar temperaturas elevadísimas.

Charmander ⇨ Charmeleon ⇨ Charizard

Charizard Gigamax

Altura imperial: 91'10"+
Altura métrica: >28,0 m
Peso imperial: ????,? lbs.
Peso métrico: ???,? kg

POKÉMON ESPADA:
La energía del fenómeno Gigamax ha dotado a este Charizard de alas flamígeras y un enorme tamaño.

POKÉMON ESCUDO:
Las llamas del interior de su cuerpo forman un torbellino que alcanza los 2000 °C. Al rugir aumenta todavía más su energía térmica.

Charjabug
Pokémon Batería

Pronunciación: chár.ya.bag
Altura imperial: 1'8"
Altura métrica: 0,5 m
Peso imperial: 23,1 lbs.
Peso métrico: 10,5 kg
Sexo: ♂♀
Habilidades: Batería
Debilidades: Fuego, Roca

POKÉMON ESPADA:
Se protege el cuerpo con un robusto caparazón. Contraataca liberando corriente eléctrica por la punta de las mandíbulas.

POKÉMON ESCUDO:
Al digerir la hojarasca de la que se alimenta, genera energía eléctrica que almacena en la bolsa que posee para tal efecto.

Grubbin → Charjabug → Vikavolt

Charmander
Pokémon Lagartija

TIPO:
Fuego

Pronunciación: char.mán.der
Altura imperial: 2'
Altura métrica: 0,6 m
Peso imperial: 18,7 lbs.
Peso métrico: 8,5 kg
Sexo: ♂♀
Habilidades: Mar Llamas
Debilidades: Tierra, Roca, Agua

POKÉMON ESPADA:
Prefiere las cosas calientes. Dicen que cuando llueve le sale vapor de la punta de la cola.

POKÉMON ESCUDO:
Este Pokémon nace con una llama en la punta de la cola. Si se le apagara, fallecería.

Charmander → Charmeleon → Charizard

Charmeleon

Pokémon Llama

TIPO: Fuego

Pronunciación: char.mí.lion
Altura imperial: 3'7"
Altura métrica: 1,1 m
Peso imperial: 41,9 lbs.
Peso métrico: 19,0 kg
Sexo: ♂ ♀
Habilidades: Mar Llamas
Debilidades: Tierra, Roca, Agua

POKÉMON ESPADA:
Este Pokémon de naturaleza agresiva ataca en combate con su cola llameante y hace trizas al rival con sus afiladas garras.

POKÉMON ESCUDO:
Si se exalta en combate, expulsa intensas llamaradas que incineran todo a su alrededor.

Charmander ➡ Charmeleon ➡ Charizard

Cherrim

Pokémon Floración

TIPO: Planta

Pronunciación: ché.rrim
Altura imperial: 1'8"
Altura métrica: 0,5 m
Peso imperial: 20,5 lbs.
Peso métrico: 9,3 kg
Sexo: ♂ ♀
Habilidades: Don Floral
Debilidades: Bicho, Fuego, Volador, Hielo, Veneno

Forma Soleado

Forma Encapotado

POKÉMON ESPADA:
Permanece casi inmóvil cerrado en un capullo a la espera de que lo bañen los rayos del sol.

POKÉMON ESCUDO:
Al cerrarse, sus pétalos son tan duros que resultan inmunes a los picotazos de los Pokémon pájaro.

 ➡

Cherubi ➡ Cherrim

Cherubi

Pokémon Cereza

TIPO: Planta

Pronunciación: che.rú.bi
Altura imperial: 1'4"
Altura métrica: 0,4 m
Peso imperial: 7,3 lbs.
Peso métrico: 3,3 kg
Sexo: ♂♀
Habilidades: Clorofila
Debilidades: Bicho, Fuego, Volador, Hielo, Veneno

POKÉMON ESPADA:
Se ve obligado a huir constantemente de los Pokémon pájaro, pues su pequeña esfera repleta de nutrientes es su manjar predilecto.

POKÉMON ESCUDO:
Cuanto más rojo sea su cuerpo, más dulce y deliciosa será su pequeña esfera repleta de nutrientes.

Cherubi ⇨ Cherrim

Chewtle

TIPO: Agua

Pokémon Mordedura

Pronunciación: chú.tel
Altura imperial: 1'
Altura métrica: 0,3 m
Peso imperial: 18,7 lbs.
Peso métrico: 8,5 kg
Sexo: ♂♀
Habilidades: Mandíbula Fuerte / Caparazón
Debilidades: Planta, Eléctrico

POKÉMON ESPADA:
Muerde todo lo que se le ponga por delante. Al parecer, lo hace para aliviar el dolor que siente cuando le crecen los incisivos.

POKÉMON ESCUDO:
El cuerno que tiene en la cabeza es duro como una roca. Lo usa para atacar al rival y, cuando éste baja la guardia, lo muerde y no lo suelta.

Chewtle ⇨ Drednaw

Chinchou

Pokémon Rape

TIPO: Agua-Eléctrico

Pronunciación: chín.chu
Altura imperial: 1'8"
Altura métrica: 0,5 m
Peso imperial: 26,5 lbs.
Peso métrico: 12,0 kg
Sexo: ♂ ♀
Habilidades: Absorbe Electricidad / Iluminación
Debilidades: Planta, Tierra

POKÉMON ESPADA:
Sus otrora dos aletas han evolucionado a las actuales antenas y ambas tienen carga positiva y negativa.

POKÉMON ESCUDO:
En el oscuro fondo del océano, su único modo de comunicarse son las luces parpadeantes que emite por las antenas.

Chinchou ⇨ **Lanturn**

Cinccino

Pokémon Estola

TIPO: Normal

Pronunciación: chin.chí.no
Altura imperial: 1'8"
Altura métrica: 0,5 m
Peso imperial: 16,5 lbs.
Peso métrico: 7,5 kg
Sexo: ♂ ♀
Habilidades: Gran Encanto / Experto
Debilidades: Lucha

POKÉMON ESPADA:
Es tan sumamente pulcro que no puede ver ni una mota de polvo. La grasa que exuda por el cuerpo le sirve de película protectora.

POKÉMON ESCUDO:
Su pelaje está recubierto por una grasa especial que repele los ataques enemigos y por la que se llegan a pagar auténticas fortunas.

 ⇨

Minccino **Cinccino**

TIPO: Fuego

Cinderace
Pokémon Delantero

Pronunciación: sín.de.reis
Altura imperial: 4'7"
Altura métrica: 1,4 m
Peso imperial: 72,8 lbs.
Peso métrico: 33,0 kg
Sexo: ♂ ♀
Habilidades: Mar Llamas
Debilidades: Agua, Tierra, Roca

POKÉMON ESPADA:

Convierte piedras en balones de fuego dándoles toques y, luego, chuta con fuerza hacia el rival para chamuscarlo.

POKÉMON ESCUDO:

Destaca tanto en ataque como en defensa. Se crece cuando recibe una ovación, pero a veces se luce tanto que termina viéndose en apuros.

Scorbunny ⇒ Raboot ⇒ Cinderace

Claydol

Pokémon Muñeca Barro

Pronunciación: kléi.dol
Altura imperial: 4'11"
Altura métrica: 1,5 m
Peso imperial: 238,1 lbs.
Peso métrico: 108,0 kg
Sexo: Desconocido
Habilidades: Levitación
Debilidades: Bicho, Siniestro, Fantasma, Planta, Agua, Hielo

POKÉMON ESPADA:
Al parecer, este misterioso Pokémon nació a partir de una figurilla de barro creada por una civilización de hace más de 20 000 años.

POKÉMON ESCUDO:
Dicen que surgió de una figurilla de barro hecha por una antigua civilización. Usa telequinesia para levitar y moverse.

Baltoy ⇨ **Claydol**

Clefable

Pokémon Hada

TIPO: Hada

Pronunciación: kle.féi.bol
Altura imperial: 4'3"
Altura métrica: 1,3 m
Peso imperial: 88,2 lbs.
Peso métrico: 40,0 kg
Sexo: ♂ ♀
Habilidades: Gran Encanto / Muro Mágico
Debilidades: Acero, Veneno

POKÉMON ESPADA:
Este Pokémon de aspecto feérico, raramente visto por los humanos, corre a esconderse en cuanto detecta que hay alguien cerca.

POKÉMON ESCUDO:
Su oído es tan fino que puede percibir cómo cae una aguja a 1 km de distancia. Por eso suele habitar en lugares tranquilos.

Cleffa ⇨ **Clefairy** ⇨ **Clefable**

Clefairy
Pokémon Hada

Pronunciación: kle.féi.ri
Altura imperial: 2'
Altura métrica: 0,6 m
Peso imperial: 16,5 lbs.
Peso métrico: 7,5 kg
Sexo: ♂ ♀
Habilidades: Gran Encanto / Muro Mágico
Debilidades: Acero, Veneno

POKÉMON ESPADA:
Se dice que la felicidad llegará a quien vea un grupo de Clefairy bailando a la luz de la luna llena.

POKÉMON ESCUDO:
Su adorable grito y comportamiento lo hacen muy popular. Sin embargo, raramente se avista.

Cleffa   Clefairy   Clefable

Cleffa
Pokémon Estrella

Pronunciación: klé.fa
Altura imperial: 1'
Altura métrica: 0,3 m
Peso imperial: 6,6 lbs.
Peso métrico: 3,0 kg
Sexo: ♂ ♀
Habilidades: Gran Encanto / Muro Mágico
Debilidades: Acero, Veneno

POKÉMON ESPADA:
Los lugareños rumorean que suele encontrarse en lugares donde han caído estrellas fugaces.

POKÉMON ESCUDO:
Por su inusual forma estrellada, la gente cree que procede de un meteorito que cayó a la Tierra.

Cleffa   Clefairy   Clefable

Clobbopus

Pokémon Malcriado

TIPO: Lucha

Pronunciación: kló.bo.pus
Altura imperial: 2'
Altura métrica: 0,6 m
Peso imperial: 8,8 lbs.
Peso métrico: 4,0 kg
Sexo: ♂ ♀
Habilidades: Flexibilidad
Debilidades: Psíquico, Volador, Hada

POKÉMON ESPADA:
Emerge a tierra firme en busca de alimento. Su extrema curiosidad lo induce a golpear con los tentáculos todo lo que entra en su campo visual.

POKÉMON ESCUDO:
Su inteligencia es similar a la de un niño de tres años. Sus tentáculos se desprenden a menudo, pero ni se inmuta, ya que se regeneran solos.

Clobbopus ➡ **Grapploct**

Cloyster

Pokémon Bivalvo

TIPO: Agua-Hielo

Pronunciación: klóis.ter
Altura imperial: 4'11"
Altura métrica: 1,5 m
Peso imperial: 292 lbs.
Peso métrico: 132,5 kg
Sexo: ♂ ♀
Habilidades: Caparazón / Encadenado
Debilidades: Eléctrico, Lucha, Planta, Roca

POKÉMON ESPADA:
La concha que lo cubre es extremadamente dura, hasta el punto de que ni siquiera una bomba puede destrozarla. Sólo se abre cuando ataca.

POKÉMON ESCUDO:
Una vez que ha cerrado la concha, es imposible abrirla, independientemente de la fuerza que se ejerza.

 ➡

Shellder **Cloyster**

Coalossal

Pokémon Carbón

Pronunciación: ko.ló.sal
Altura imperial: 9'2"
Altura métrica: 2,8 m
Peso imperial: 684,5 lbs.
Peso métrico: 310,5 kg
Sexo: ♂ ♀
Habilidades: Combustible / Cuerpo Llama
Debilidades: Agua, Tierra, Lucha, Roca

POKÉMON ESPADA:
Aunque es de carácter sereno, monta en cólera si ve a seres humanos dañando una mina y reduce todo a cenizas con sus llamas a 1500 °C.

POKÉMON ESCUDO:
Cuando se enzarza en un combate, la montaña de carbón arde al rojo vivo y esparce chispas que calcinan todo lo que le rodea.

Rolycoly   Carkol   Coalossal

Coalossal Gigamax

Altura imperial: 137'10"+
Altura métrica: >42,0 m
Peso imperial: ????,? lbs.
Peso métrico: ???,? kg

POKÉMON ESPADA:
Su torso es una forja gigantesca donde arden llamas a 2000 °C avivadas por la energía del fenómeno Gigamax.

POKÉMON ESCUDO:
Dicen que hace tiempo salvó incontables vidas de una cruenta ola de frío usando su cuerpo a modo de estufa gigante.

Código Cero

Pokémon Multigénico

Pronunciación: kó.di.go zé.ro
Altura imperial: 6'3"
Altura métrica: 1,9 m
Peso imperial: 265,7 lbs.
Peso métrico: 120,5 kg
Sexo: Desconocido
Habilidades: Armadura Batalla
Debilidades: Lucha

POKÉMON ESPADA:
Se rumorea que ha sido recreado en Galar a partir de documentos de investigación de alto secreto robados.

POKÉMON ESCUDO:
Fue creado a imagen de un Pokémon mitológico. Lleva una máscara de contención para evitar que su poder se descontrole.

Código Cero ⇨ Silvally

Cofagrigus

Pokémon Sepultura

TIPO: Fantasma

Pronunciación: ko.fa.grí.gus
Altura imperial: 5'7"
Altura métrica: 1,7 m
Peso imperial: 168,7 lbs.
Peso métrico: 76,5 kg
Sexo: ♂ ♀
Habilidades: Momia
Debilidades: Fantasma, Siniestro

POKÉMON ESPADA:
Su cuerpo es de rutilante oro. Se dice que ya no recuerda nada de su pasado como humano.

POKÉMON ESCUDO:
Aparece representado en los muros de antiguas sepulturas como símbolo de riqueza de reyes de antaño.

Yamask ⇨ Cofagrigus

Combee
Pokémon Abejita

Pronunciación: kóm.bi
Altura imperial: 1'
Altura métrica: 0,3 m
Peso imperial: 12,1 lbs.
Peso métrico: 5,5 kg
Sexo: ♂ ♀
Habilidades: Recogemiel
Debilidades: Roca, Eléctrico, Fuego, Volador, Hielo

POKÉMON ESPADA:
Este trío no se separa jamás, pero cada uno tiene sus propios gustos en cuanto a néctar se refiere.

POKÉMON ESCUDO:
Recolecta néctar de sol a sol para entregarlo a la colonia y a Vespiquen.

Combee ⇨ **Vespiquen**

Conkeldurr
Pokémon Musculoso

Pronunciación: kon.kél.dur
Altura imperial: 4'7"
Altura métrica: 1,4 m
Peso imperial: 191,8 lbs.
Peso métrico: 87,0 kg
Sexo: ♂ ♀
Habilidades: Agallas / Potencia Bruta
Debilidades: Volador, Psíquico, Hada

POKÉMON ESPADA:
El hormigón que preparan los Conkeldurr es mucho más duro y resistente que el ordinario, aunque la composición sea la misma.

POKÉMON ESCUDO:
Cuando decide darlo todo, suelta sus pilares de hormigón y se abalanza sobre el rival con solo un puño como arma.

Timburr ⇨ **Gurdurr** ⇨ **Conkeldurr**

Copperajah

Pokémon Broncefante

TIPO:
Acero

Pronunciación: ko.pe.rra.já
Altura imperial: 9'10"
Altura métrica: 3,0 m
Peso imperial: 1433 lbs.
Peso métrico: 650,0 kg
Sexo: ♂♀
Habilidades: Potencia Bruta
Debilidades: Fuego, Lucha, Tierra

POKÉMON ESPADA:
Su piel verdosa es resistente al agua. Proviene de tierras lejanas y presta ayuda a las personas en la realización de ciertos trabajos.

POKÉMON ESCUDO:
Viven en manadas. La fuerza prensil de su trompa es tan extraordinaria que le permite hacer añicos incluso grandes rocas.

Cufant ⇨ Copperajah

Copperajah Gigamax

Altura imperial: 75'6"+
Altura métrica: >23,0 m
Peso imperial: ????,? lbs.
Peso métrico: ???,? kg

POKÉMON ESPADA:
Cuando proyecta la intensa energía acumulada en su trompa, puede cambiar la topografía haciendo añicos las montañas.

POKÉMON ESCUDO:
La energía del fenómeno Gigamax ha agigantado su trompa de tal forma que puede derrumbar un rascacielos de un solo golpe.

TIPO: Agua

Corphish
Pokémon Rufián

Corphish ⇒ **Crawdaunt**

Pronunciación: kór.fish
Altura imperial: 2'
Altura métrica: 0,6 m
Peso imperial: 25,4 lbs.
Peso métrico: 11,5 kg
Sexo: ♂ ♀
Habilidades: Caparazón / Corte Fuerte
Debilidades: Eléctrico, Planta

POKÉMON ESPADA:
Por muy sucio o contaminado que
esté el río, se adaptan rápido
y se multiplican. Poseen una
gran fuerza vital.

POKÉMON ESCUDO:
Si bien proviene del extranjero,
ahora se halla en estado salvaje.
Puede vivir hasta en los ríos
más sucios.

53

FORMA DE GALAR
Corsola
Pokémon Coral

TIPO:
Fantasma

Pronunciación: kor.só.la

Altura imperial: 2'

Altura métrica: 0,6 m

Peso imperial: 1,1 lbs.

Peso métrico: 0,5 kg

Sexo: ♂ ♀

Habilidades: Armadura Frágil

Debilidades: Fantasma, Siniestro

Corsola
Forma de Galar

Cursola

POKÉMON ESPADA:
Es habitual hallarlos en lo que antaño fueron lechos oceánicos. Maldice a aquellos que le dan un puntapié confundiéndolo con un pedrusco.

POKÉMON ESCUDO:
Perdió la vida hace miles de años debido a un repentino cambio en su hábitat. Absorbe la vitalidad de la gente con sus ramas.

Corviknight

Pokémon Cuervo

Pronunciación: kór.bi.nait
Altura imperial: 7'3"
Altura métrica: 2,2 m
Peso imperial: 165,3 lbs.
Peso métrico: 75,0 kg
Sexo: ♂ ♀
Habilidades: Presión / Nerviosismo
Debilidades: Fuego, Eléctrico

POKÉMON ESPADA:

No tiene rival en los cielos de Galar. El acero negro y lustroso de su cuerpo intimida a cualquier adversario.

POKÉMON ESCUDO:

Debido a su excelente capacidad de vuelo y a su gran inteligencia, ejerce de taxi volador en Galar.

Rookidee Corvisquire Corviknight

Corviknight Gigamax

Altura imperial: 45'11"+
Altura métrica: >14,0 m
Peso imperial: ?????,? lbs.
Peso métrico: ???,? kg

POKÉMON ESPADA:

Gracias al fenómeno Gigamax, le basta batir las alas para levantar vientos más fuertes que un huracán, capaces de arrasarlo todo.

POKÉMON ESCUDO:

Las ocho plumas que tiene en el lomo, llamadas ornitofilos, pueden separarse del cuerpo y atacar al rival de forma independiente.

Corvisquire

Pokémon Cuervo

TIPO: Volador

Pronunciación: kór.bis.kuair
Altura imperial: 2'7"
Altura métrica: 0,8 m
Peso imperial: 35,3 lbs.
Peso métrico: 16,0 kg
Sexo: ♂♀
Habilidades: Vista Lince / Nerviosismo
Debilidades: Eléctrico, Hielo, Roca

POKÉMON ESPADA:

Su inteligencia le permite servirse de objetos. Por ejemplo, recoge y lanza piedras con las patas o utiliza cuerdas para atrapar a su oponente.

POKÉMON ESCUDO:

Tras haber librado combates muy duros, ha desarrollado la habilidad de determinar con precisión la fuerza de su adversario.

Rookidee   Corvisquire   Corviknight

Cottonee

Pokémon Bolalgodón

TIPO: Planta-Hada

Pronunciación: kó.to.ni
Altura imperial: 1'
Altura métrica: 0,3 m
Peso imperial: 1,3 lbs.
Peso métrico: 0,6 kg
Sexo: ♂ ♀
Habilidades: Bromista / Allanamiento
Debilidades: Fuego, Hielo, Veneno, Volador, Acero

POKÉMON ESPADA:

Lanza bolas de algodón para defenderse. A veces, la fuerza de un tifón llega a arrastrarlo hasta el otro extremo del mundo.

POKÉMON ESCUDO:

Combinando los algodones de los Cottonee y Eldegoss se obtiene una tela exquisita, que usan las marcas más exclusivas.

Cottonee ⇨ Whimsicott

Cramorant

Pokémon Tragón

TIPO: Volador-Agua

Pronunciación: krá.mo.rant
Altura imperial: 2'7"
Altura métrica: 0,8 m
Peso imperial: 39,7 lbs.
Peso métrico: 18,0 kg
Sexo: ♂ ♀
Habilidades: Tragamisil
Debilidades: Eléctrico, Roca

POKÉMON ESPADA:

Su colosal potencia le permite machacar al rival de un solo golpe, aunque su carácter despistado lo lleva a olvidarse de su presencia.

POKÉMON ESCUDO:

Traga Arrokuda enteros debido a su glotonería, tan notable que en ocasiones ingiere hasta otros Pokémon sin querer.

No evoluciona.

Crawdaunt

Pokémon Granuja

Pronunciación: króu.dont

Altura imperial: 3'7"

Altura métrica: 1,1 m

Peso imperial: 72,3 lbs.

Peso métrico: 32,8 kg

Sexo: ♂ ♀

Habilidades: Corte Fuerte / Caparazón

Debilidades: Bicho, Eléctrico, Lucha, Planta, Hada

POKÉMON ESPADA:

Esta violenta criatura agita de forma salvaje las gigantes pinzas que tiene. Dicen que es muy difícil criarlo.

POKÉMON ESCUDO:

Le encanta pelear, debido a su naturaleza. Si alguien se acerca a su madriguera, le propinará una paliza sin ningún tipo de miramiento.

Corphish ⇒ Crawdaunt

Croagunk

Pokémon Boca Tóxica

TIPO:
Veneno-
Lucha

Pronunciación: króu.gank
Altura imperial: 2'4"
Altura métrica: 0,7 m
Peso imperial: 50,7 lbs.
Peso métrico: 23,0 kg
Sexo: ♂♀
Habilidades: Anticipación / Piel Seca
Debilidades: Psíquico, Volador, Tierra

POKÉMON ESPADA:
Amenaza a los rivales haciendo sonar las bolsas venenosas de sus mejillas y aprovecha su estupor para inyectarles toxinas.

POKÉMON ESCUDO:
Su veneno posee propiedades medicinales si se diluye. Se ha vuelto muy popular desde que una empresa farmacéutica lo adoptó como mascota.

Croagunk ⇨ Toxicroak

TIPO:
Bicho-
Roca

Crustle

Pokémon Casarroca

Pronunciación: krás.tel
Altura imperial: 4'7"
Altura métrica: 1,4 m
Peso imperial: 440,9 lbs.
Peso métrico: 200,0 kg
Sexo: ♂♀
Habilidades: Robustez / Caparazón
Debilidades: Agua, Roca, Acero

POKÉMON ESPADA:
Este Pokémon posee un fuerte instinto territorial y prefiere los entornos áridos. Los días de lluvia permanece en el interior de su roca.

POKÉMON ESCUDO:
Su arma más potente son sus gruesas pinzas, tan duras que pueden abrir una brecha incluso en el Protector de Rhyperior.

 ⇨

Dwebble   Crustle

Cubchoo
Pokémon Congelación

Pronunciación: kab.chú
Altura imperial: 1'8"
Altura métrica: 0,5 m
Peso imperial: 18,7 lbs.
Peso métrico: 8,5 kg
Sexo: ♂ ♀
Habilidades: Manto Níveo / Quitanieves
Debilidades: Fuego, Lucha, Roca, Acero

POKÉMON ESPADA:
La pegajosidad de sus mocos aumenta cuando disfruta de buena salud. Si alguien no le gusta, lo embadurna de mocos.

POKÉMON ESCUDO:
Antes de ejecutar un movimiento, se sorbe los mocos. El frío intenso de estos constituye la base de sus movimientos de tipo Hielo.

Cubchoo → Beartic

Cufant
Pokémon Broncefante

Pronunciación: kiú.fant
Altura imperial: 3'11"
Altura métrica: 1,2 m
Peso imperial: 220,5 lbs.
Peso métrico: 100,0 kg
Sexo: ♂ ♀
Habilidades: Potencia Bruta
Debilidades: Fuego, Lucha, Tierra

POKÉMON ESPADA:
Su constitución fornida le permite transportar sin inmutarse cargas de 5 toneladas. Utiliza la trompa para excavar la tierra.

POKÉMON ESCUDO:
Realiza tareas que requieren de esfuerzo físico, es su fuerte. Con la lluvia, su cuerpo de cobre se oxida y adquiere una tonalidad verde intensa.

Cufant → Copperajah

Cursola

Pokémon Coral

TIPO: Fantasma

Pronunciación: kar.só.la
Altura imperial: 3'3"
Altura métrica: 1,0 m
Peso imperial: 0,9 lbs.
Peso métrico: 0,4 kg
Sexo: ♂♀
Habilidades: Armadura Frágil
Debilidades: Fantasma, Siniestro

POKÉMON ESPADA:
Su energía espiritual ha aumentado hasta hacerlo desprenderse de su base caliza. Protege el alma del núcleo con su cuerpo espectral.

POKÉMON ESCUDO:
Conviene tener cuidado con el cuerpo espectral que recubre su alma, pues quien lo toque podría acabar inerte como una piedra.

Corsola
Forma de Galar ➡ Cursola

Cutiefly

Pokémon Mosca Abeja

TIPO: Bicho-Hada

Pronunciación: kiú.ti.flai
Altura imperial: 4"
Altura métrica: 0,1 m
Peso imperial: 0,4 lbs.
Peso métrico: 0,2 kg
Sexo: ♂♀
Habilidades: Recogemiel / Polvo Escudo
Debilidades: Fuego, Acero, Volador, Veneno, Roca

POKÉMON ESPADA:
Le fascinan el néctar y el polen. Suele revolotear alrededor de los Gossifleur, atraído por su polen.

POKÉMON ESCUDO:
Al percibir el aura del rival, puede predecir sus movimientos y esquivarlos sin problema mientras lanza su contraataque.

Cutiefly ➡ Ribombee

Darmanitan

Pokémon Daruma

TIPO: Hielo

Pronunciación: dar.má.ni.tan
Altura imperial: 5'7"
Altura métrica: 1,7 m
Peso imperial: 264,6 lbs.
Peso métrico: 120,0 kg
Sexo: ♂ ♀
Habilidades: Monotema
Debilidades: Fuego, Acero, Lucha, Roca

POKÉMON ESPADA:
Transporta su alimento en la bola de nieve de la cabeza. Los días de ventisca desciende hasta las zonas habitadas por los humanos.

POKÉMON ESCUDO:
Posee un carácter tranquilo, pero también mucha fuerza. Puede congelar al instante la bola de nieve que tiene en la cabeza y liarse a cabezazos.

Darumaka
Forma de Galar

Darmanitan
Forma de Galar

Darumaka

Pokémon Daruma

TIPO: Hielo

Pronunciación: da.ru.má.ka
Altura imperial: 2'4"
Altura métrica: 0,7 m
Peso imperial: 88,2 lbs.
Peso métrico: 40,0 kg
Sexo: ♂ ♀
Habilidades: Entusiasmo
Debilidades: Fuego, Acero, Lucha, Roca

POKÉMON ESPADA:
La adaptación a entornos nevados ha atrofiado y congelado su saca de fuego, pero ha propiciado el desarrollo de un órgano generador de frío.

POKÉMON ESCUDO:
Cuanto menor es su temperatura corporal, mejor se siente. Juega a lanzar las bolas de nieve que crea congelando el aliento.

Darumaka
Forma de Galar

Darmanitan
Forma de Galar

Deino

Pokémon Tosco

TIPO:
Siniestro-
Dragón

Pronunciación: dái.no

Altura imperial: 2'7"

Altura métrica: 0,8 m

Peso imperial: 38,1 lbs.

Peso métrico: 17,3 kg

Sexo: ♂ ♀

Habilidades: Entusiasmo

Debilidades: Hielo, Lucha, Bicho, Dragón, Hada

POKÉMON ESPADA:
Muestra cierta tendencia a morder todo lo que encuentra. Se cree que recuerda perfectamente el olor de lo que encuentra delicioso.

POKÉMON ESCUDO:
Al no poder ver, su forma de orientarse y percibir el entorno consiste en chocarse a diestro y siniestro, mordiendo todo lo que se encuentra.

Deino   Zweilous   Hydreigon

Delibird

Pokémon Reparto

Hielo-
Volador

Pronunciación: dé.li.berd
Altura imperial: 2'11"
Altura métrica: 0,9 m
Peso imperial: 35,3 lbs.
Peso métrico: 16,0 kg
Sexo: ♂♀
Habilidades: Espíritu Vital / Entusiasmo
Debilidades: Roca, Eléctrico, Fuego, Acero

POKÉMON ESPADA:
Transporta comida durante todo el día. Según dicen, personas desaparecidas han sobrevivido gracias a ella.

POKÉMON ESCUDO:
Tiene la costumbre de compartir su comida con todo el mundo, sea humano o Pokémon, por lo que está constantemente en busca de alimento.

No evoluciona.

TIPO:
Agua-
Bicho

Dewpider

Pokémon Pompa

Pronunciación: diu.pái.der
Altura imperial: 1'
Altura métrica: 0,3 m
Peso imperial: 8,8 lbs.
Peso métrico: 4,0 kg
Sexo: ♂♀
Habilidades: Pompa
Debilidades: Volador, Eléctrico, Roca

POKÉMON ESPADA:
Crea una burbuja de agua con el abdomen y se cubre la cabeza con ella. Si dos ejemplares se encuentran, comparan el tamaño de sus burbujas.

POKÉMON ESCUDO:
Vive bajo el agua y, cuando emerge a tierra firme en busca de presas, se recubre la cabeza con una burbuja.

Dewpider ⇨ Araquanid

Dhelmise

Pokémon Alga Ancla

Pronunciación: del.máis
Altura imperial: 12'10"
Altura métrica: 3,9 m
Peso imperial: 463 lbs.
Peso métrico: 210,0 kg
Sexo: Desconocido
Habilidades: Acero Templado
Debilidades: Fantasma, Fuego, Volador, Siniestro, Hielo

POKÉMON ESPADA:

Este Pokémon de tipo Fantasma no es sino la reencarnación de las algas que flotan a la deriva y arrastran consigo vestigios de barcos hundidos.

POKÉMON ESCUDO:

Acecha a su presa hundiendo el ancla en el mar. Es capaz de drenar la vitalidad incluso de presas del tamaño de un Wailord.

No evoluciona.

Diggersby
Pokémon Excavador

TIPO:
Normal-
Tierra

Pronunciación: dí.gers.bi
Altura imperial: 3'3"
Altura métrica: 1,0 m
Peso imperial: 93,5 lbs.
Peso métrico: 42,4 kg
Sexo: ♂ ♀
Habilidades: Recogida / Carrillo
Debilidades: Agua, Planta, Hielo, Lucha

POKÉMON ESPADA:
Puede horadar incluso el duro sustrato rocoso con la fuerza de una excavadora, por lo que su ayuda resulta inestimable para construir túneles.

POKÉMON ESCUDO:
El pelaje de su abdomen es un aislante térmico excelente, tanto que antaño se usaba el que mudaba para confeccionar prendas de abrigo.

Bunnelby ⇨ Diggersby

Diglett

Pokémon Topo

TIPO: **Tierra**

Pronunciación: dí.glet
Altura imperial: 8"
Altura métrica: 0,2 m
Peso imperial: 1,8 lbs.
Peso métrico: 0,8 kg
Sexo: ♂ ♀
Habilidades: Velo Arena / Trampa Arena
Debilidades: Planta, Hielo, Agua

POKÉMON ESPADA:
Si un Diglett excava un terreno, lo deja perfectamente arado y preparado para sembrarlo.

POKÉMON ESCUDO:
Este Pokémon avanza horadando la tierra a poca profundidad. Resulta fácil localizarlo por los montículos que deja como rastro.

Diglett ⇨ **Dugtrio**

TIPO: **Normal**

Ditto

Pokémon Transformación

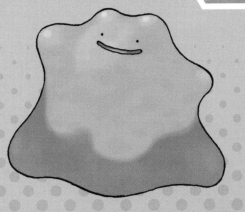

Pronunciación: dít.to
Altura imperial: 1'
Altura métrica: 0,3 m
Peso imperial: 8,8 lbs.
Peso métrico: 4,0 kg
Sexo: Desconocido
Habilidades: Flexibilidad
Debilidades: Lucha

POKÉMON ESPADA:
Redistribuye las células de su cuerpo para cobrar la apariencia de lo que ve, pero vuelve a la normalidad al relajarse.

POKÉMON ESCUDO:
Cuando se encuentra con otro Ditto, se mueve más rápido de lo normal para intentar adoptar su aspecto.

No evoluciona.

Dottler

Pokémon Radomo

TIPO:
Bicho-Psíquico

Pronunciación: dót.ler
Altura imperial: 1'4"
Altura métrica: 0,4 m
Peso imperial: 43 lbs.
Peso métrico: 19,5 kg
Sexo: ♂♀
Habilidades: Enjambre / Ojo Compuesto
Debilidades: Fantasma, Fuego, Volador, Siniestro, Roca, Bicho

POKÉMON ESPADA:
Apenas se mueve, pero está vivo. Se cree que adquiere poderes psíquicos mientras permanece recluido en su caparazón sin comer ni beber.

POKÉMON ESCUDO:
Está en constante crecimiento dentro del caparazón. Mientras se prepara para evolucionar, examina el exterior con sus poderes psíquicos.

Blipbug ⇨ Dottler ⇨ Orbeetle

Doublade

Pokémon Tizona

TIPO:
Acero-Fantasma

Pronunciación: dá.bleid
Altura imperial: 2'7"
Altura métrica: 0,8 m
Peso imperial: 9,9 lbs.
Peso métrico: 4,5 kg
Sexo: ♂♀
Habilidades: Indefenso
Debilidades: Fuego, Fantasma, Siniestro, Tierra

POKÉMON ESPADA:
Su espada se duplicó durante su proceso de evolución. Intimida a los rivales con el chirrido metálico que produce al frotar ambas hojas.

POKÉMON ESCUDO:
Su táctica para abatir a las presas consiste en alternar ataque y defensa de forma frenética entre ambas espadas.

Honedge ⇨ Doublade ⇨ Aegislash

Dracovish

Pokémon Fósil

Pronunciación: drá.ko.bish
Altura imperial: 7'7"
Altura métrica: 2,3 m
Peso imperial: 474 lbs.
Peso métrico: 215,0 kg
Sexo: Desconocido
Habilidades: Absorbe Agua / Mandíbula Fuerte
Debilidades: Hada, Dragón

POKÉMON ESPADA:

Su excelente capacidad motriz y la fuerza de su mandíbula lo hacían antaño invencible, pero dar caza a todas sus presas propició su extinción.

POKÉMON ESCUDO:

Exhibe con orgullo su inmensa capacidad motriz, que le permite superar los 60 km/h, pero sólo puede respirar bajo el agua.

No evoluciona.

Dracozolt

Pokémon Fósil

Pronunciación: drá.ko.zolt
Altura imperial: 5'11"
Altura métrica: 1,8 m
Peso imperial: 418,9 lbs.
Peso métrico: 190,0 kg
Sexo: Desconocido
Habilidades: Absorbe Electricidad / Entusiasmo
Debilidades: Hada, Tierra, Hielo, Dragón

POKÉMON ESPADA:
La robustez de su tren inferior lo hacía invencible en la antigüedad, pero se extinguió tras comerse todas las plantas de las que se nutria.

POKÉMON ESCUDO:
Produce electricidad con la robusta musculatura de la cola. El tamaño de la parte superior del cuerpo palidece en comparación con la inferior.

No evoluciona.

Dragapult
Pokémon Furtivo

Pronunciación: drá.ga.pult
Altura imperial: 9'10"
Altura métrica: 3,0 m
Peso imperial: 110,2 lbs.
Peso métrico: 50,0 kg
Sexo: ♂♀
Habilidades: Cuerpo Puro / Allanamiento
Debilidades: Fantasma, Siniestro, Hada, Hielo, Dragón

POKÉMON ESPADA:
Vive en compañía de Dreepy, a los que hospeda en el interior de sus cuernos. Los dispara a velocidad supersónica en combate.

POKÉMON ESCUDO:
Al parecer, los Dreepy que residen en sus cuernos esperan con ilusión el momento de ser propulsados a velocidad supersónica.

Dreepy → Drakloak → Dragapult

TIPO:
Dragón-Fantasma

Drakloak
Pokémon Cuidador

Pronunciación: drá.klok
Altura imperial: 4'7"
Altura métrica: 1,4 m
Peso imperial: 24,3 lbs.
Peso métrico: 11,0 kg
Sexo: ♂♀
Habilidades: Cuerpo Puro / Allanamiento
Debilidades: Fantasma, Siniestro, Hada, Hielo, Dragón

POKÉMON ESPADA:
Vuela a una velocidad de 200 km/h. Lucha junto a un Dreepy, al que cuida hasta el momento de su evolución.

POKÉMON ESCUDO:
Si no lleva un Dreepy del que cuidar encima de la cabeza, se intranquiliza y trata de sustituirlo con otro Pokémon.

Dreepy → Drakloak → Dragapult

Drampa
Pokémon Sosiego

TIPO: Normal-Dragón

Pronunciación: drám.pa
Altura imperial: 9'10"
Altura métrica: 3,0 m
Peso imperial: 407,9 lbs.
Peso métrico: 185,0 kg
Sexo: ♂♀
Habilidades: Cólera / Herbívoro
Debilidades: Hada, Lucha, Hielo, Dragón

POKÉMON ESPADA:
Habita en montañas de más de 3000 m de altura. En ocasiones se acerca a los pueblos para jugar con los niños.

POKÉMON ESCUDO:
Es de naturaleza mansa y amable, pero, si se enfurece, puede desatar fuertes vientos capaces de llevarse cualquier cosa por delante.

No evoluciona.

Drapion
Pokémon Escorpiogro

TIPO: Veneno-Siniestro

Pronunciación: drá.pion
Altura imperial: 4'3"
Altura métrica: 1,3 m
Peso imperial: 135,6 lbs.
Peso métrico: 61,5 kg
Sexo: ♂♀
Habilidades: Armadura Batalla / Francotirador
Debilidades: Tierra

POKÉMON ESPADA:
Posee un veneno muy potente, pero que usa muy poco. Con la extraordinaria fuerza que concentra al enfurecerse podría hacer añicos un coche.

POKÉMON ESCUDO:
Su ferocidad le ha granjeado el sobrenombre del Diablo de la Arena, pero en presencia de los Hippowdon se muestra dócil y pacífico.

Skorupi ⇨ Drapion

Drednaw
Pokémon Mordisco

TIPO:
Agua-
Roca

Pronunciación: dréd.no
Altura imperial: 3'3"
Altura métrica: 1,0 m
Peso imperial: 254,6 lbs.
Peso métrico: 115,5 kg
Sexo: ♂ ♀
Habilidades: Mandíbula Fuerte / Caparazón
Debilidades: Planta, Eléctrico, Lucha, Tierra

POKÉMON ESPADA:

Un Pokémon de temperamento feroz que atenaza a su presa con sus fuertes mandíbulas, capaces de destrozar una barra de hierro.

POKÉMON ESCUDO:

Su cuello extensible le permite alcanzar a los rivales a distancia. Hundiendo sus afilados dientes, les da el golpe de gracia.

Chewtle ⇨ Drednaw

Drednaw
Gigamax

Altura imperial: 78'9"+
Altura métrica: >24,0 m
Peso imperial: ????,? lbs.
Peso métrico: ???,? kg

POKÉMON ESPADA:

Gracias al fenómeno Gigamax, puede erguirse sobre las patas posteriores. Embiste al enemigo y acaba con él con sus enormes mandíbulas.

POKÉMON ESCUDO:

Cuenta la leyenda que hace tiempo contuvo una inundación arrancando rocas de una montaña a mordiscos.

Dreepy

Pokémon Resentido

TIPO:
Dragón-Fantasma

Pronunciación: drí.pi
Altura imperial: 1'8"
Altura métrica: 0,5 m
Peso imperial: 4,4 lbs.
Peso métrico: 2,0 kg
Sexo: ♂ ♀
Habilidades: Cuerpo Puro / Allanamiento
Debilidades: Fantasma, Siniestro, Hada, Hielo, Dragón

POKÉMON ESPADA:

Habitaba los mares en tiempos inmemoriales. Ha revivido en forma de Pokémon de tipo Fantasma para vagar por su antigua morada.

POKÉMON ESCUDO:

En solitario es tan débil que no sería rival ni para un niño, pero, al entrenarse con sus congéneres, evoluciona y se vuelve más fuerte.

Dreepy   Drakloak   Dragapult

Drifblim

Pokémon Dirigible

TIPO:
Fantasma-Volador

Pronunciación: dríf.blim
Altura imperial: 3'11"
Altura métrica: 1,2 m
Peso imperial: 33,1 lbs.
Peso métrico: 15,0 kg
Sexo: ♂ ♀
Habilidades: Resquicio / Liviano
Debilidades: Siniestro, Eléctrico, Fantasma, Hielo, Roca

POKÉMON ESPADA:

Se dice que está formado por almas en pena. Al caer la noche, flota a la deriva en silencio sepulcral.

POKÉMON ESCUDO:

Agarra a gente y a Pokémon para llevárselos a algún sitio, aunque nadie sabe exactamente a dónde.

Drifloon   Drifblim

Drifloon
Pokémon Globo

Pronunciación: drí.flun
Altura imperial: 1'4"
Altura métrica: 0,4 m
Peso imperial: 2,6 lbs.
Peso métrico: 1,2 kg
Sexo: ♂ ♀
Habilidades: Resquicio / Liviano
Debilidades: Siniestro, Eléctrico,
Fantasma, Hielo, Roca

POKÉMON ESPADA:
Se acerca a los niños en busca de compañía, pero lo tratan como un juguete y a menudo tiene que salir huyendo.

POKÉMON ESCUDO:
Está formado por una aglomeración de espíritus. Suele aparecer en grandes números durante las estaciones húmedas.

Drifloon ⇨ Drifblim

Drilbur
Pokémon Topo

Pronunciación: dríl.bur
Altura imperial: 1'
Altura métrica: 0,3 m
Peso imperial: 18,7 lbs.
Peso métrico: 8,5 kg
Sexo: ♂ ♀
Habilidades: Ímpetu Arena / Poder Arena
Debilidades: Agua, Planta, Hielo

POKÉMON ESPADA:
Tras juntar las garras, se abalanza sobre su presa haciendo rotar el cuerpo a gran velocidad.

POKÉMON ESCUDO:
Su costumbre de horadar túneles bajo tierra le ha conseguido la antipatía de los agricultores, ya que puede echar a perder cosechas enteras.

Drilbur   Excadrill

Drizzile

Pokémon Acuartija

TIPO: Agua

Pronunciación: drí.zail
Altura imperial: 2'4"
Altura métrica: 0,7 m
Peso imperial: 25,4 lbs.
Peso métrico: 11,5 kg
Sexo: ♂ ♀
Habilidades: Torrente
Debilidades: Planta, Eléctrico

POKÉMON ESPADA:
Crea bolas de agua con el líquido que segrega por las palmas de las manos y las usa en combate de forma estratégica.

POKÉMON ESCUDO:
Es inteligente, pero no muestra especial interés por nada. Distribuye trampas por su territorio para mantener alejados a sus enemigos.

Sobble → Drizzile → Inteleon

Dubwool

Pokémon Oveja

TIPO: Normal

Pronunciación: dáb.wul
Altura imperial: 4'3"
Altura métrica: 1,3 m
Peso imperial: 94,8 lbs.
Peso métrico: 43,0 kg
Sexo: ♂ ♀
Habilidades: Peluche / Impasible
Debilidades: Lucha

POKÉMON ESPADA:
Su lana es muy flexible. Las alfombras tejidas con ella adoptan una textura similar a la de las camas elásticas.

POKÉMON ESCUDO:
Sus espléndidos cuernos sirven de reclamo para atraer al sexo opuesto. No los utiliza como arma.

Wooloo → Dubwool

Dugtrio

Pokémon Topo

TIPO: Tierra

Pronunciación: dag.trí.o
Altura imperial: 2'4"
Altura métrica: 0,7 m
Peso imperial: 73,4 lbs.
Peso métrico: 33,3 kg
Sexo: ♂♀
Habilidades: Velo Arena / Trampa Arena
Debilidades: Planta, Hielo, Agua

POKÉMON ESPADA:
Un trío de Diglett. Causa enormes terremotos al cavar en el subsuelo a profundidades de hasta 100 km.

POKÉMON ESCUDO:
Estos trillizos cavan a una profundidad de hasta 100 km. Se desconoce el aspecto de la parte de sus cuerpos que se oculta bajo tierra.

 ⇨

Diglett **Dugtrio**

Duosion

Pokémon Mitosis

TIPO: Psíquico

Pronunciación: du.ó.sion
Altura imperial: 2'
Altura métrica: 0,6 m
Peso imperial: 17,6 lbs.
Peso métrico: 8,0 kg
Sexo: ♂♀
Habilidades: Funda / Muro Mágico
Debilidades: Bicho, Fantasma, Siniestro

POKÉMON ESPADA:
Dicen que, cuando las dos partes de su cerebro piensan lo mismo, el alcance de su telequinesia aumenta hasta abarcar un radio de 1 km.

POKÉMON ESCUDO:
Las dos partes de su cerebro casi nunca piensan lo mismo, por lo que es imposible predecir sus intenciones.

 ⇨ ⇨

Solosis **Duosion** **Reuniclus**

Duraludon
Pokémon Aleación

TIPO:
Acero-Dragón

Pronunciación: du.rá.lu.don
Altura imperial: 5'11"
Altura métrica: 1,8 m
Peso imperial: 88,2 lbs.
Peso métrico: 40,0 kg
Sexo: ♂ ♀
Habilidades: Metal Liviano / Metal Pesado
Debilidades: Lucha, Tierra

POKÉMON ESPADA:
Su cuerpo, similar a un metal pulido, es tan ligero como robusto. Sin embargo, tiene el defecto de que se oxida con facilidad.

POKÉMON ESCUDO:
Hace gala de una agilidad extraordinaria, ya que su cuerpo está compuesto de un metal especial. Detesta la lluvia, por lo que habita en cuevas.

No evoluciona.

Duraludon
Gigamax

Altura imperial: 141'1"+
Altura métrica: >43,0 m
Peso imperial: ????,? lbs.
Peso métrico: ???,? kg

POKÉMON ESPADA:
Su tamaño se ha vuelto comparable al de un rascacielos. La energía que desborda hace que partes de su cuerpo sean luminiscentes.

POKÉMON ESCUDO:
La solidez de su estructura celular, capaz de soportar la fuerza de un terremoto, destaca incluso entre los Pokémon de tipo Acero.

Durant

Pokémon Hormigacero

TIPO:
Bicho-Acero

Pronunciación: du.ránt
Altura imperial: 1'
Altura métrica: 0,3 m
Peso imperial: 72,8 lbs.
Peso métrico: 33,0 kg
Sexo: ♂ ♀
Habilidades: Enjambre / Entusiasmo
Debilidades: Fuego

POKÉMON ESPADA:
Deposita sus huevos en la parte más profunda del nido. Si un Heatmor lo ataca, se defiende mordiéndolo con sus enormes mandíbulas.

POKÉMON ESCUDO:
Con sus grandes mandíbulas puede destrozar incluso rocas. Lucha en grupo para proteger sus larvas del ataque de los Sandaconda.

No evoluciona.

Dusclops

Pokémon Atrayente

TIPO:
Fantasma

Pronunciación: dás.klops
Altura imperial: 5'3"
Altura métrica: 1,6 m
Peso imperial: 67,5 lbs.
Peso métrico: 30,6 kg
Sexo: ♂ ♀
Habilidades: Presión
Debilidades: Siniestro, Fantasma

POKÉMON ESPADA:
Está completamente hueco. Cuando abre la boca, es capaz de absorber cualquier cosa, como si fuera un agujero negro.

POKÉMON ESCUDO:
Busca fuegos fatuos y los absorbe en su cuerpo hueco. Lo que pasa dentro luego es un misterio.

Duskull   **Dusclops**   **Dusknoir**

Dusknoir

Pokémon Grilletes

Pronunciación: dásk.nuar
Altura imperial: 7'3"
Altura métrica: 2,2 m
Peso imperial: 235 lbs.
Peso métrico: 106,6 kg
Sexo: ♂ ♀
Habilidades: Presión
Debilidades: Siniestro, Fantasma

POKÉMON ESPADA:
Se desconoce si posee voluntad propia. Capta ondas de otra dimensión que le incitan a llevarse allí a humanos y Pokémon.

POKÉMON ESCUDO:
Engulle a los rivales con la boca del estómago y, tras haber devorado el alma, escupe el cuerpo.

Duskull Dusclops Dusknoir

Duskull

Pokémon Réquiem

TIPO: Fantasma

Pronunciación: dás.kal
Altura imperial: 2'7"
Altura métrica: 0,8 m
Peso imperial: 33,1 lbs.
Peso métrico: 15,0 kg
Sexo: ♂ ♀
Habilidades: Levitación
Debilidades: Siniestro, Fantasma

POKÉMON ESPADA:
Corre el rumor de que, por las noches, se lleva a los niños que no son obedientes.

POKÉMON ESCUDO:
Se vuelve invisible para acercarse sigilosamente a su presa. Es capaz de atravesar anchos muros.

Duskull Dusclops Dusknoir

Dwebble
Pokémon Casapiedra

Pronunciación: dué.bel
Altura imperial: 1'
Altura métrica: 0,3 m
Peso imperial: 32 lbs.
Peso métrico: 14,5 kg
Sexo: ♂ ♀
Habilidades: Robustez / Caparazón
Debilidades: Agua, Roca, Acero

POKÉMON ESPADA:
Cuando halla una piedra de su agrado, la horada y establece su morada. Es enemigo natural de los Roggenrola y los Rolycoly.

POKÉMON ESCUDO:
Si no encuentra una piedra que sea idónea como morada, se instala en los orificios de algún Hippowdon.

Dwebble

Crustle

Eevee

Pokémon Evolución

TIPO: Normal

Pronunciación: í.bi
Altura imperial: 1'
Altura métrica: 0,3 m
Peso imperial: 14,3 lbs.
Peso métrico: 6,5 kg
Sexo: ♂ ♀
Habilidades: Fuga / Adaptable
Debilidades: Lucha

POKÉMON ESPADA:
Es capaz de alterar la composición de su cuerpo para adaptarse al entorno.

POKÉMON ESCUDO:
Su irregular estructura genética alberga el secreto de la capacidad que posee este Pokémon tan especial para adoptar evoluciones muy variadas.

Jolteon Flareon Glaceon

Vaporeon Eevee Espeon

Umbreon Leafeon Sylveon

Eevee Gigamax

Altura imperial: 59'1"+
Altura métrica: >18,0 m
Peso imperial: ????,? lbs.
Peso métrico: ????,? kg

POKÉMON ESPADA:
Envuelve y atrapa a sus enemigos con el pelaje de su cuello que, gracias al fenómeno Gigamax, es ahora mucho más denso y esponjoso.

POKÉMON ESCUDO:
Su ingenuidad ha alcanzado nuevas alturas. Juguetea inocentemente con cualquiera, pero es tan grande que acaba aplastándolo.

Eiscue

TIPO: Hielo

Pokémon Pingüino

Pronunciación: áis.kiu
Altura imperial: 4'7"
Altura métrica: 1,4 m
Peso imperial: 196,2 lbs.
Peso métrico: 89,0 kg
Sexo: ♂ ♀
Habilidades: Cara de Hielo
Debilidades: Fuego, Acero, Lucha, Roca

POKÉMON ESPADA:
La corriente lo ha transportado hasta aquí desde un lugar sumamente gélido. Utiliza el hielo para mantener la cara refrigerada en todo momento.

POKÉMON ESCUDO:
Se enfría constantemente la cara con hielo por su escasa resistencia al calor. Utiliza el pelo de la cabeza para pescar en el mar.

No evoluciona.

Eldegoss
Pokémon Adornalgodón

TIPO:
Planta

Pronunciación: él.de.gos
Altura imperial: 1'8"
Altura métrica: 0,5 m
Peso imperial: 5,5 lbs.
Peso métrico: 2,5 kg
Sexo: ♂♀
Habilidades: Pelusa / Regeneración
Debilidades: Fuego, Volador, Hielo,
 Veneno, Bicho

POKÉMON ESPADA:
Las semillas que tiene entre la pelusa son muy nutritivas. Arrastradas por el viento, devuelven la vitalidad a la flora y a otros Pokémon.

POKÉMON ESCUDO:
El hilo fabricado a partir de su algodón es muy bello y brillante; uno de los productos estrella de la región de Galar.

Gossifleur ⇨ Eldegoss

Electrike
Pokémon Calambre

TIPO:
Eléctrico

Pronunciación: e.lék.traik
Altura imperial: 2'
Altura métrica: 0,6 m
Peso imperial: 33,5 lbs.
Peso métrico: 15,2 kg
Sexo: ♂♀
Habilidades: Electricidad Estática /
 Pararrayos
Debilidades: Tierra

POKÉMON ESPADA:
Acumula electricidad estática en el pelaje para lanzar descargas. Cuando va a haber tormenta, suelta chispas por todo el cuerpo.

POKÉMON ESCUDO:
Almacena electricidad estática en su pelaje. En estaciones secas, suelta chispas por todo el cuerpo.

Electrike ⇨ Manectric

Elgyem

Pokémon Cerebro

TIPO: **Psíquico**

Pronunciación: él.yi.em
Altura imperial: 1'8"
Altura métrica: 0,5 m
Peso imperial: 19,8 lbs.
Peso métrico: 9,0 kg
Sexo: ♂ ♀
Habilidades: Telepatía / Sincronía
Debilidades: Bicho, Fantasma, Siniestro

POKÉMON ESPADA:
Cuando se halla junto a un televisor, la pantalla muestra imágenes de extraños paisajes. Se cree que corresponden a su lugar de origen.

POKÉMON ESCUDO:
Fue descubierto hace aproximadamente 50 años. Posee un cerebro muy desarrollado que le otorga poderes psíquicos.

Elgyem   Beheeyem

TIPO: Bicho-Acero

Escavalier

Pokémon Soldado

Pronunciación: es.ka.ba.liér
Altura imperial: 3'3"
Altura métrica: 1,0 m
Peso imperial: 72,8 lbs.
Peso métrico: 33,0 kg
Sexo: ♂ ♀
Habilidades: Enjambre / Caparazón
Debilidades: Fuego

POKÉMON ESPADA:
Le roba el caparazón a un Shelmet y lo usa como armadura. Este Pokémon es extremadamente popular en la región de Galar.

POKÉMON ESCUDO:
Ataca a los enemigos con sus lanzas. Aparece representado en pleno duelo contra un Sirfetch'd en un famoso cuadro.

Karrablast   Escavalier

Espeon

Pokémon Sol

TIPO:
Psíquico

Pronunciación: és.peon
Altura imperial: 2'11"
Altura métrica: 0,9 m
Peso imperial: 58,4 lbs.
Peso métrico: 26,5 kg
Sexo: ♂ ♀
Habilidades: Sincronía
Debilidades: Bicho, Siniestro, Fantasma

POKÉMON ESPADA:
Basándose en las corrientes de aire, predice cosas como el tiempo atmosférico o la próxima acción del enemigo.

POKÉMON ESCUDO:
Lucha con los poderes psíquicos que brotan de la esfera de su frente, que se oscurece cuando su energía disminuye.

 Eevee ⇨ **Espeon**

TIPO:
Psíquico

Espurr

Pokémon Moderación

Pronunciación: es.púrr
Altura imperial: 1'
Altura métrica: 0,3 m
Peso imperial: 7,7 lbs.
Peso métrico: 3,5 kg
Sexo: ♂ ♀
Habilidades: Vista Lince / Allanamiento
Debilidades: Fantasma, Siniestro, Bicho

POKÉMON ESPADA:
Su inexpresividad aparente esconde una lucha titánica por contener su inmenso poder psíquico.

POKÉMON ESCUDO:
Es capaz de mandar por los aires a un luchador profesional gracias a sus poderes psíquicos, pero tiene serios problemas para controlarlos.

 Espurr

 Meowstic (macho)

 **Meowstic (hembra)**

TIPO:
Veneno-Dragón

Eternatus
Pokémon Gigantesco

Pronunciación: e.tér.na.tus

Altura imperial: 65'7"

Altura métrica: 20,0 m

Peso imperial: 2094,4 lbs.

Peso métrico: 950,0 kg

Sexo: Desconocido

Habilidades: Presión

Debilidades: Psíquico, Tierra, Hielo, Dragón

POKÉMON ESPADA:
Se alimenta de la energía que brota de la tierra de Galar absorbiéndola por el núcleo del pecho.

POKÉMON ESCUDO:
Fue hallado en el interior de un meteorito caído hace 20 000 años. Por lo visto, está relacionado con el misterio que rodea al fenómeno Dinamax.

No evoluciona.

Excadrill

Pokémon Subterráneo

Pronunciación: eks.ka.dríl
Altura imperial: 2'4"
Altura métrica: 0,7 m
Peso imperial: 89,1 lbs.
Peso métrico: 40,4 kg
Sexo: ♂ ♀
Habilidades: Ímpetu Arena / Poder Arena
Debilidades: Fuego, Agua, Lucha, Tierra

POKÉMON ESPADA:
Se dice que muchas grutas que parecen naturales han sido en realidad horadadas por los Excadrill.

POKÉMON ESCUDO:
Se lo conoce como el Rey del Taladro. Puede horadar túneles bajo tierra a una velocidad de 150 km/h.

Drilbur **Excadrill**

Falinks

Pokémon Formación

TIPO: Lucha

Pronunciación: fá.links
Altura imperial: 9'10"
Altura métrica: 3,0 m
Peso imperial: 136,7 lbs.
Peso métrico: 62,0 kg
Sexo: Desconocido
Habilidades: Armadura Batalla
Debilidades: Psíquico, Volador, Hada

POKÉMON ESPADA:
Este Pokémon consta de cinco subalternos y un líder, cuyas órdenes obedecen sin rechistar.

POKÉMON ESCUDO:
Este Pokémon está formado por seis individuos que cambian de formación al luchar, haciendo gala de un notable espíritu de equipo.

No evoluciona.

TIPO:
Lucha

Farfetch'd
Pokémon Pato Salvaje

Pronunciación: fár.fetch
Altura imperial: 2'7"
Altura métrica: 0,8 m
Peso imperial: 92,6 lbs.
Peso métrico: 42,0 kg
Sexo: ♂ ♀
Habilidades: Impasible
Debilidades: Psíquico, Volador, Hada

POKÉMON ESPADA:

Este es el aspecto de los Farfetch'd que habitan en Galar. Son guerreros fieros y osados que luchan blandiendo un puerro grueso y firme.

POKÉMON ESCUDO:

Los Farfetch'd de Galar han adoptado esta forma de tanto blandir los puerros típicos de la región, que son gruesos y largos.

Farfetch'd
Forma de Galar   **Sirfetch'd**
Forma de Galar

Feebas

Pokémon Pez

TIPO: Agua

Pronunciación: fí.bas
Altura imperial: 2'
Altura métrica: 0,6 m
Peso imperial: 16,3 lbs.
Peso métrico: 7,4 kg
Sexo: ♂ ♀
Habilidades: Nado Rápido / Despiste
Debilidades: Eléctrico, Planta

POKÉMON ESPADA:
Su aspecto poco agraciado hace que no sea muy popular, pero su gran vitalidad resulta de gran interés para la ciencia.

POKÉMON ESCUDO:
Su apariencia deja bastante que desear, pero es muy resistente y puede sobrevivir con poca agua.

Feebas **Milotic**

Ferroseed

Pokémon Fruto Espina

TIPO: Planta-Acero

Pronunciación: fe.rró.sid
Altura imperial: 2'
Altura métrica: 0,6 m
Peso imperial: 41,4 lbs.
Peso métrico: 18,8 kg
Sexo: ♂ ♀
Habilidades: Punta Acero
Debilidades: Fuego, Lucha

POKÉMON ESPADA:
Se defiende lanzando púas, pero para poder apuntar con precisión a su objetivo necesita ingentes sesiones de práctica.

POKÉMON ESCUDO:
Prefiere las cuevas de paredes musgosas, ya que las enzimas contenidas en el musgo le permiten desarrollar unas púas grandes y robustas.

Ferroseed **Ferrothorn**

Ferrothorn
Pokémon Bola Espina

Pronunciación: fe.rró.zorn
Altura imperial: 3'3"
Altura métrica: 1,0 m
Peso imperial: 242,5 lbs.
Peso métrico: 110,0 kg
Sexo: ♂ ♀
Habilidades: Punta Acero
Debilidades: Fuego, Lucha

POKÉMON ESPADA:
Raya el lecho rocoso con las púas para luego absorber nutrientes con el extremo de los tentáculos.

POKÉMON ESCUDO:
Sus púas son más duras que el acero. Se aferra y desplaza por paredes rocosas usando las que tiene en los tentáculos como ganchos.

Ferroseed   Ferrothorn

Flapple
Pokémon Manzanala

TIPO:
Planta-Dragón

Pronunciación: flá.pel
Altura imperial: 1'
Altura métrica: 0,3 m
Peso imperial: 2,2 lbs.
Peso métrico: 1,0 kg
Sexo: ♂ ♀
Habilidades: Maduración / Gula
Debilidades: Volador, Hielo,
Dragón, Veneno, Hada, Bicho

POKÉMON ESPADA:
Ha evolucionado tras ingerir una manzana ácida. Las bolsas de las mejillas albergan un fluido cuya extrema acidez llega a provocar quemaduras.

POKÉMON ESCUDO:
Escupe una saliva sumamente ácida y vuela con sus alas compuestas por piel de manzana, cuyo aspecto es capaz de adoptar.

 Appletun

 Applin

 Flapple

Flapple Gigamax

Altura imperial: 78'9"+
Altura métrica: >24,0 m
Peso imperial: ????,? lbs.
Peso métrico: ???,? kg

POKÉMON ESPADA:
La energía del fenómeno Gigamax ha acelerado la producción de néctar y le ha conferido el aspecto de una manzana gigantesca.

POKÉMON ESCUDO:
Al estirar el cuello, su néctar emana un olor de un dulzor tan intenso que todo Pokémon que lo huele pierde el sentido.

Flareon
Pokémon Llama

Eevee ⇨ **Flareon**

Pronunciación: flá.reon
Altura imperial: 2'11"
Altura métrica: 0,9 m
Peso imperial: 55,1 lbs.
Peso métrico: 25,0 kg
Sexo: ♂ ♀
Habilidades: Absorbe Fuego
Debilidades: Tierra, Roca, Agua

POKÉMON ESPADA:
Una vez que ha almacenado el calor suficiente, puede alcanzar una temperatura de 900 °C.

POKÉMON ESCUDO:
Almacena parte del aire que inhala en la bolsa de fuego de su interior, que llega a calentarse a más de 1700 °C.

Flygon
Pokémon Místico

TIPO: Tierra-Dragón

Pronunciación: flái.gon
Altura imperial: 6'7"
Altura métrica: 2,0 m
Peso imperial: 180,8 lbs.
Peso métrico: 82,0 kg
Sexo: ♂ ♀
Habilidades: Levitación
Debilidades: Hielo, Dragón, Hada

POKÉMON ESPADA:
Al batir las alas, provoca tormentas de arena que lo ocultan por completo, por lo que rara vez se ha visto a este Pokémon.

POKÉMON ESCUDO:
El batir de sus alas suena como un bello canto de mujer. Se lo conoce como el Alma del Desierto.

Trapinch Vibrava Flygon

Fraxure
Pokémon Boca Hacha

TIPO: Dragón

Pronunciación: frák.sur
Altura imperial: 3'3"
Altura métrica: 1,0 m
Peso imperial: 79,4 lbs.
Peso métrico: 36,0 kg
Sexo: ♂ ♀
Habilidades: Rivalidad / Rompemoldes
Debilidades: Hielo, Dragón, Hada

POKÉMON ESPADA:
Sus colmillos no vuelven a crecer, por lo que, al término de cada combate, los afila cuidadosamente con cantos de río.

POKÉMON ESCUDO:
Su piel es dura como una coraza. Su técnica predilecta consiste en embestir al rival para hincarle los colmillos.

Axew Fraxure Haxorus

**TIPO:
Agua-
Fantasma**

Frillish
Pokémon Ingrávido

Macho

Hembra

HEMBRA

POKÉMON ESPADA:
Atenaza a las presas con sus tentáculos en forma de velo y las sumerge a 8000 m de profundidad.

POKÉMON ESCUDO:
Sus tentáculos en forma de velo albergan miles de púas tóxicas, que son ligeramente más largas en el caso de las hembras.

Pronunciación: frí.lish
Altura imperial: 3'11"
Altura métrica: 1,2 m
Peso imperial: 72,8 lbs.
Peso métrico: 33,0 kg
Sexo: ♂ ♀
Habilidades: Absorbe Agua / Cuerpo Maldito
Debilidades: Planta, Eléctrico, Fantasma, Siniestro

Frillish → Jellicent

MACHO

POKÉMON ESPADA:
Atenaza a las presas con sus tentáculos en forma de velo y las sumerge a 8000 m de profundidad.

POKÉMON ESCUDO:
Cuenta la leyenda que los Frillish son en realidad los habitantes de una antigua ciudad sumergida convertidos en Pokémon.

Froslass

Pokémon Tierra Fría

TIPO:
Hielo-
Fantasma

Pronunciación: frós.las
Altura imperial: 4'3"
Altura métrica: 1,3 m
Peso imperial: 58,6 lbs.
Peso métrico: 26,6 kg
Sexo: ♀
Habilidades: Manto Níveo
Debilidades: Siniestro, Fuego, Fantasma,
Roca, Acero

POKÉMON ESPADA:
Nació del resentimiento de mujeres
fallecidas en montañas nevadas.
Su manjar predilecto son
las almas congeladas.

POKÉMON ESCUDO:
Expulsa un vaho gélido a -50 °C
con el que congela a sus presas
para luego llevarlas a su morada
y colocarlas como adorno.

Snorunt **Froslass**
 Glalie

Frosmoth

Pokémon Polillahielo

TIPO:
Hielo-
Bicho

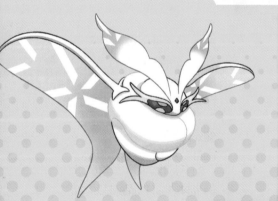

Pronunciación: frós.moz
Altura imperial: 4'3"
Altura métrica: 1,3 m
Peso imperial: 92,6 lbs.
Peso métrico: 42,0 kg
Sexo: ♂ ♀
Habilidades: Polvo Escudo
Debilidades: Fuego, Acero, Volador,
Roca

POKÉMON ESPADA:
La temperatura de sus alas es
de -180 °C. Sobrevuela el campo
esparciendo sus gélidas escamas,
como si de nieve se tratase.

POKÉMON ESCUDO:
No muestra la menor compasión con
quien asole el campo: lo escarmienta
batiendo sus gélidas alas para
provocar una ventisca.

Snom **Frosmoth**

Gallade

Pokémon Cuchilla

TIPO:
Psíquico-
Lucha

Pronunciación: ga.léid
Altura imperial: 5'3"
Altura métrica: 1,6 m
Peso imperial: 114,6 lbs.
Peso métrico: 52,0 kg
Sexo: ♂
Habilidades: Impasible
Debilidades: Volador, Fantasma, Hada

POKÉMON ESPADA:
Este Pokémon es considerado todo un justiciero. Sólo utiliza las espadas que le salen de los codos si tiene una causa que defender.

POKÉMON ESCUDO:
Es capaz de percibir al instante cuando alguien está en un aprieto y corre raudo a su lado para prestarle ayuda.

 Ralts
Kirlia
Gardevoir
Gallade

Galvantula

Pokémon Electroaraña

TIPO:
Bicho-
Eléctrico

Pronunciación: gal.bán.tu.la
Altura imperial: 2'7"
Altura métrica: 0,8 m
Peso imperial: 31,5 lbs.
Peso métrico: 14,3 kg
Sexo: ♂ ♀
Habilidades: Ojo Compuesto / Nerviosismo
Debilidades: Fuego, Roca

POKÉMON ESPADA:
Ataca lanzando hilos electrificados por el abdomen, que inmovilizan por completo al enemigo durante tres días y tres noches.

POKÉMON ESCUDO:
Teje una tela con hilo electrificado junto a los nidos de Pokémon pájaro para atrapar a los polluelos que aún no saben volar bien.

 Joltik
Galvantula

Garbodor

Pokémon Vertedero

TIPO: **Veneno**

Pronunciación: gar.bó.dor
Altura imperial: 6'3"
Altura métrica: 1,9 m
Peso imperial: 236,6 lbs.
Peso métrico: 107,3 kg
Sexo: ♂ ♀
Habilidades: Hedor / Armadura Frágil
Debilidades: Tierra, Psíquico

POKÉMON ESPADA:
Su cuerpo transforma la inmundicia que engulle en un veneno cuya composición cambia según la basura ingerida.

POKÉMON ESCUDO:
El veneno líquido que brota de su brazo derecho es tan nocivo que puede acabar con una criatura ya débil al menor contacto.

Trubbish → Garbodor

Garbodor Gigamax

Altura imperial: 68'11"+
Altura métrica: >21,0 m
Peso imperial: ????,? lbs.
Peso métrico: ???,? kg

POKÉMON ESPADA:
Debido a la energía del fenómeno Gigamax, sus emisiones tóxicas se han solidificado y han adoptado la forma de juguetes abandonados.

POKÉMON ESCUDO:
Al entrar en contacto con el gas tóxico que emite por la boca y los dedos, el veneno penetra hasta la médula.

Gardevoir

Pokémon Envolvente

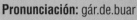

TIPO:
Psíquico-
Hada

Pronunciación: gár.de.buar
Altura imperial: 5'3"
Altura métrica: 1,6 m
Peso imperial: 106,7 lbs.
Peso métrico: 48,4 kg
Sexo: ♂♀
Habilidades: Sincronía / Rastro
Debilidades: Fantasma, Acero, Veneno

POKÉMON ESPADA:
Tiene la capacidad de predecir el futuro. Para proteger a su Entrenador, emplea hasta la última gota de su poder psíquico.

POKÉMON ESCUDO:
Para proteger a su Entrenador, emplea todo su poder psíquico en crear un pequeño agujero negro.

Ralts

Kirlia

Gardevoir

Gallade

TIPO:
Fantasma-
Veneno

Gastly

Pokémon Gas

Pronunciación: gás.tli
Altura imperial: 4'3"
Altura métrica: 1,3 m
Peso imperial: 0,2 lbs.
Peso métrico: 0,1 kg
Sexo: ♂♀
Habilidades: Levitación
Debilidades: Siniestro, Fantasma, Psíquico

POKÉMON ESPADA:
Nació a partir de gases venenosos que asfixiarían a cualquiera que se viera envuelto en ellos.

POKÉMON ESCUDO:
Con su cuerpo gaseoso puede colarse por donde quiera, aunque con un golpe de viento sale despedido.

Gastly

Haunter

Gengar

Gastrodon

Pokémon Babosa Marina

TIPO:
Agua-
Tierra

Mar Este

Mar Oeste

Pronunciación: gas.tro.dón
Altura imperial: 2'11"
Altura métrica: 0,9 m
Peso imperial: 65,9 lbs.
Peso métrico: 29,9 kg
Sexo: ♂ ♀
Habilidades: Viscosidad / Colector
Debilidades: Planta

POKÉMON ESPADA:

Puede desplazarse también por tierra firme en pos de su presa. Deja tras sí, entonces, el rastro de una mucosidad pegajosa.

POKÉMON ESCUDO:

Aunque blando, su cuerpo es tremendamente resistente, ya que dispersa cualquier impacto que recibe dada su flexibilidad.

 ➡️

Shellos   Gastrodon

Gengar
Pokémon Sombra

TIPO:
Fantasma-
Veneno

Pronunciación: gén.gar
Altura imperial: 4'11"
Altura métrica: 1,5 m
Peso imperial: 89,3 lbs.
Peso métrico: 40,5 kg
Sexo: ♂ ♀
Habilidades: Cuerpo Maldito
Debilidades: Siniestro, Fantasma,
Psíquico

POKÉMON ESPADA:
En las noches de luna llena,
a este Pokémon le gusta imitar
las sombras de la gente y
burlarse de sus miedos.

POKÉMON ESCUDO:
Dicen que sale de la oscuridad
para robarles el alma a los que
se pierden por las montañas.

Gastly   Haunter   Gengar

Gengar
Gigamax

Altura imperial: 65'7"+
Altura métrica: >20,0 m
Peso imperial: ????,? lbs.
Peso métrico: ???,? kg

POKÉMON ESPADA:
Exuda energía negativa.
Se dice que su colosal boca es un
portal que conduce al otro mundo.

POKÉMON ESCUDO:
Tiende trampas mortales: quienes
osan acercarse a su boca escuchan
la llamada de sus seres queridos.

Gigalith

Pokémon Presurizado

TIPO: Roca

Pronunciación: gí.ga.liz
Altura imperial: 5'7"
Altura métrica: 1,7 m
Peso imperial: 573,2 lbs.
Peso métrico: 260,0 kg
Sexo: ♂ ♀
Habilidades: Robustez / Chorro Arena
Debilidades: Agua, Planta, Lucha, Tierra, Acero

POKÉMON ESPADA:
Su robustez le permite colaborar con humanos y Copperajah en labores de construcción y minería.

POKÉMON ESCUDO:
Las bolas de energía que lanza sólo en días soleados son tan potentes que pueden hacer saltar un camión por los aires.

Roggenrola → Boldore → Gigalith

Glaceon

TIPO: Hielo

Pokémon Nieve Fresca

Pronunciación: gléi.sion
Altura imperial: 2'7"
Altura métrica: 0,8 m
Peso imperial: 57,1 lbs.
Peso métrico: 25,9 kg
Sexo: ♂ ♀
Habilidades: Manto Níveo
Debilidades: Fuego, Lucha, Roca, Acero

POKÉMON ESPADA:
Desprende cristales de hielo. Sus presas se quedan congeladas sin darse cuenta, encandiladas por su belleza.

POKÉMON ESCUDO:
El aire gélido que exhala crea una suerte de cristales de hielo que lo hace muy demandado en las estaciones de esquí.

Eevee → Glaceon

Glalie

Pokémon Cara

Snorunt

Froslass

Glalie

Pronunciación: gléi.li
Altura imperial: 4'11"
Altura métrica: 1,5 m
Peso imperial: 565,5 lbs.
Peso métrico: 265,5 kg
Sexo: ♂ ♀
Habilidades: Foco Interno / Gélido
Debilidades: Fuego, Lucha, Roca, Acero

POKÉMON ESPADA:

Ni siquiera el fuego puede derretir su cuerpo de hielo. Es capaz de congelar en un instante la humedad del ambiente.

POKÉMON ESCUDO:

Congela a sus presas helando en un momento la humedad contenida en el aire que lo rodea.

Gloom

Pokémon Hierbajo

Pronunciación: glum
Altura imperial: 2'7"
Altura métrica: 0,8 m
Peso imperial: 19 lbs.
Peso métrico: 8,6 kg
Sexo: ♂ ♀
Habilidades: Clorofila
Debilidades: Fuego, Volador, Hielo, Psíquico

POKÉMON ESPADA:
Libera un fétido olor por los pistilos. El fuerte hedor hace perder el conocimiento a cualquiera que se encuentre en un radio de 2 km.

POKÉMON ESCUDO:
Lo que parece baba es realmente un néctar muy pegajoso que se adhiere sin remisión al tocarlo.

Oddish → Gloom → Vileplume

Bellossom

Goldeen
Pokémon Pez Color

TIPO:
Agua

Pronunciación: gol.dín
Altura imperial: 2'
Altura métrica: 0,6 m
Peso imperial: 33,1 lbs.
Peso métrico: 15,0 kg
Sexo: ♂ ♀
Habilidades: Nado Rápido / Velo Agua
Debilidades: Eléctrico, Planta

POKÉMON ESPADA:

Sus aletas pectorales, caudal y dorsal ondean gráciles en el agua. Por eso se le llama el Bailarín Acuático.

POKÉMON ESCUDO:

La aleta dorsal y las aletas pectorales están tan desarrolladas que actúan como músculos. Puede nadar a una velocidad de cinco nudos.

Goldeen ⇨ Seaking

Golett
Pokémon Autómata

TIPO:
Tierra-Fantasma

Pronunciación: gó.let
Altura imperial: 3'3"
Altura métrica: 1,0 m
Peso imperial: 202,8 lbs.
Peso métrico: 92,0 kg
Sexo: Desconocido
Habilidades: Puño Férreo / Zoquete
Debilidades: Agua, Planta, Hielo, Fantasma, Siniestro

POKÉMON ESPADA:

Un antiguo Pokémon creado a partir del barro. Se desconoce el motivo por el que algunos ejemplares colocan rocas grandes en hileras.

POKÉMON ESCUDO:

Fue creado a partir del barro para emplearlo como sirviente. Todavía acata las órdenes que le dio su amo hace milenios.

Golett   Golurk

Golisopod

Pokémon Blindaje

TIPO:
Bicho-
Agua

Pronunciación: go.lí.so.pod
Altura imperial: 6'7"
Altura métrica: 2,0 m
Peso imperial: 238,1 lbs.
Peso métrico: 108,0 kg
Sexo: ♂ ♀
Habilidades: Retirada
Debilidades: Volador, Eléctrico, Roca

POKÉMON ESPADA:
Hace lo que sea por conseguir la victoria. Si el rival se descuida, aprovecha para asestarle un golpe letal con sus pequeñas garras frontales.

POKÉMON ESCUDO:
Vive en cavernas del fondo marino o en barcos hundidos. Lucha contra los Grapploct y el que pierde se convierte en una suculenta presa.

 ⇨
Wimpod   Golisopod

Golurk

Pokémon Autómata

TIPO:
Tierra-
Fantasma

Pronunciación: gó.lurk
Altura imperial: 9'2"
Altura métrica: 2,8 m
Peso imperial: 727,5 lbs.
Peso métrico: 330,0 kg
Sexo: Desconocido
Habilidades: Puño Férreo / Zoquete
Debilidades: Agua, Planta, Hielo, Fantasma, Siniestro

POKÉMON ESPADA:
En los muros de antiguos castillos se hallan plataformas desde las que los Golurk podían disparar sus rayos como si fueran cañones.

POKÉMON ESCUDO:
Se dice que su cuerpo alberga un móvil perpetuo que genera energía, pero no se ha constatado la veracidad de tal afirmación.

 ⇨
Golett   Golurk

Goodra
Pokémon Dragón

Goomy → Sliggoo → Goodra

Pronunciación: gú.dra
Altura imperial: 6'7"
Altura métrica: 2,0 m
Peso imperial: 331,8 lbs.
Peso métrico: 150,5 kg
Sexo: ♂ ♀
Habilidades: Herbívoro / Hidratación
Debilidades: Hada, Hielo, Dragón

POKÉMON ESPADA:
A veces no entiende las instrucciones de su Entrenador y se queda como abstraído, pero mucha gente encuentra este rasgo adorable.

POKÉMON ESCUDO:
Ataca extendiendo sus largas antenas. La fuerza que despliega es 100 veces superior a la del puñetazo de un boxeador de peso pesado.

Goomy
Pokémon Molusco

Pronunciación: gú.mi
Altura imperial: 1'
Altura métrica: 0,3 m
Peso imperial: 6,2 lbs.
Peso métrico: 2,8 kg
Sexo: ♂ ♀
Habilidades: Herbívoro / Hidratación
Debilidades: Hada, Hielo, Dragón

POKÉMON ESPADA:
Su cuerpo se compone casi exclusivamente de agua, por lo que se debilitaría si se deshidratase. Es el Pokémon de tipo Dragón más débil.

POKÉMON ESCUDO:
Sus antenas son órganos sensoriales sumamente desarrollados. Poder esconderse al detectar enemigos le ha permitido sobrevivir.

Goomy ➡ Sliggoo ➡ Goodra

Gossifleur

Pokémon Adornofloral

TIPO:
Planta

Pronunciación: gó.si.fler
Altura imperial: 1'4"
Altura métrica: 0,4 m
Peso imperial: 4,9 lbs.
Peso métrico: 2,2 kg
Sexo: ♂ ♀
Habilidades: Pelusa / Regeneración
Debilidades: Fuego, Volador, Hielo, Veneno, Bicho

POKÉMON ESPADA:
Si planta su única extremidad inferior en la tierra y se expone a abundante luz solar, sus pétalos cobran un color vivo.

POKÉMON ESCUDO:
Muchos los crían tras quedar prendados de lo adorables que resultan cuando cantan dando vueltas empujados por la brisa.

Gossifleur　　**Eldegoss**

Gothita

Pokémon Inquisitivo

TIPO:
Psíquico

Pronunciación: go.zí.ta
Altura imperial: 1'4"
Altura métrica: 0,4 m
Peso imperial: 12,8 lbs.
Peso métrico: 5,8 kg
Sexo: ♂ ♀
Habilidades: Cacheo / Tenacidad
Debilidades: Bicho, Fantasma, Siniestro

POKÉMON ESPADA:
Pese a ser todavía un bebé, puede luchar con el poder psíquico que acumula en las antenitas en forma de lazos.

POKÉMON ESCUDO:
A veces susurra aunque no haya nadie alrededor. Por eso se cree que tal vez hable con alguien o algo imperceptible para los demás.

Gothita　　**Gothorita**　　**Gothitelle**

Gothitelle
Pokémon Astro

Pronunciación: gó.zi.tel
Altura imperial: 4'11"
Altura métrica: 1,5 m
Peso imperial: 97 lbs.
Peso métrico: 44,0 kg
Sexo: ♂ ♀
Habilidades: Cacheo / Tenacidad
Debilidades: Fantasma, Siniestro, Bicho

POKÉMON ESPADA:
Predice el futuro observando el movimiento de las estrellas. Posee un poder psíquico tremendo, pero evita los conflictos por su buen carácter.

POKÉMON ESCUDO:
Los malhechores a los que revela sus últimos momentos pierden la vida el mismo día.

Gothita   Gothorita   Gothitelle

Gothorita
Pokémon Manipulador

Pronunciación: go.zo.rí.ta
Altura imperial: 2'4"
Altura métrica: 0,7 m
Peso imperial: 39,7 lbs.
Peso métrico: 18,0 kg
Sexo: ♂ ♀
Habilidades: Cacheo / Tenacidad
Debilidades: Fantasma, Siniestro, Bicho

POKÉMON ESPADA:
Corre el rumor de que en las noches estrelladas se lleva consigo a los niños dormidos, por lo que recibe el sobrenombre de Bruja Castigadora.

POKÉMON ESCUDO:
Sus poderes psíquicos alcanzan su apogeo en las noches estrelladas, aunque su posible vínculo con el espacio está envuelto en misterio.

Gothita   Gothorita   Gothitelle

Gourgeist

Pokémon Calabaza

Pronunciación: gór.gaist
Altura imperial: 2'11"
Altura métrica: 0,9 m
Peso imperial: 27,6 lbs.
Peso métrico: 12,5 kg
Sexo: ♂ ♀
Habilidades: Recogida / Cacheo
Debilidades: Fantasma, Fuego, Volador,
Siniestro, Hielo

POKÉMON ESPADA:
Se dice que los espeluznantes alaridos que emite bien entrada la noche son los lamentos de almas en pena desde el más allá.

POKÉMON ESCUDO:
Las noches de luna nueva llama a la puerta de las casas y se lleva al otro mundo a quien abra.

Pumpkaboo   **Gourgeist**

Grapploct

Pokémon Jiu-Jitsu

Pronunciación: gráp.lokt
Altura imperial: 5'3"
Altura métrica: 1,6 m
Peso imperial: 86 lbs.
Peso métrico: 39,0 kg
Sexo: ♂ ♀
Habilidades: Flexibilidad
Debilidades: Psíquico, Volador, Hada

POKÉMON ESPADA:
Todo su cuerpo es una mole de puro músculo. Utiliza los tentáculos para ejecutar técnicas de estrangulamiento con una formidable potencia.

POKÉMON ESCUDO:
Se aventura en tierra firme para buscar rivales contra los que luchar para medir su valía. Tras terminar el combate, regresa al mar.

Clobbopus   **Grapploct**

Greedent

Pokémon Avaricia

TIPO:
Normal

Pronunciación: grí.dent
Altura imperial: 2'
Altura métrica: 0,6 m
Peso imperial: 13,2 lbs.
Peso métrico: 6,0 kg
Sexo: ♂ ♀
Habilidades: Carrillo
Debilidades: Lucha

POKÉMON ESPADA:

Se obsesiona tanto en acumular bayas en la cola que no se da ni cuenta de cuando tiene demasiadas y se le acaban cayendo.

POKÉMON ESCUDO:

Sus incisivos, de fuerza y dureza extraordinarias, le permiten mordisquear incluso las bayas más duras. Es un Pokémon muy común en Galar.

Skwovet

Greedent

Grimmsnarl

Pokémon Voluminoso

TIPO: Siniestro-Hada

Pronunciación: gríms.narl
Altura imperial: 4'11"
Altura métrica: 1,5 m
Peso imperial: 134,5 lbs.
Peso métrico: 61,0 kg
Sexo: ♂
Habilidades: Cacheo / Bromista
Debilidades: Acero, Hada, Veneno

POKÉMON ESPADA:
Cuando enrolla sus cabellos por todo el cuerpo, aumenta su potencia muscular. Posee una fuerza capaz de someter a Machamp.

POKÉMON ESCUDO:
Su cabello desempeña una función similar a la de fibras musculares. Al soltárselo, su movimiento tentacular le permite reducir a su objetivo.

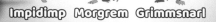

Impidimp → Morgrem → Grimmsnarl

Grimmsnarl Gigamax

Altura imperial: 105'+
Altura métrica: >32,0 m
Peso imperial: ????,? lbs.
Peso métrico: ???,? kg

POKÉMON ESPADA:
El pelo de sus piernas se ha transformado y ha dado aún más fuerza a sus patadas, capaces de abrir grandes agujeros en la tierra de Galar.

POKÉMON ESCUDO:
Debido al fenómeno Gigamax, le ha crecido el pelo de forma extraordinaria. Puede superar de un salto los rascacielos más altos del mundo.

Grookey

Pokémon Chimpancé

Pronunciación: grú.ki
Altura imperial: 1'
Altura métrica: 0,3 m
Peso imperial: 11 lbs.
Peso métrico: 5,0 kg
Sexo: ♂ ♀
Habilidades: Espesura
Debilidades: Fuego, Volador, Hielo, Veneno, Bicho

POKÉMON ESPADA:
Al marcar el ritmo con su baqueta especial, produce unas ondas sonoras capaces de devolver la vitalidad a la flora.

POKÉMON ESCUDO:
Ataca golpeando sin cesar con su baqueta, con un entusiasmo que crece a medida que acelera el ritmo.

Grookey ➡ Thwackey ➡ Rillaboom

Growlithe

Pokémon Perrito

TIPO: Fuego

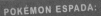

Pronunciación: gróu.liz
Altura imperial: 2'4"
Altura métrica: 0,7 m
Peso imperial: 41,9 lbs.
Peso métrico: 19,0 kg
Sexo: ♂ ♀
Habilidades: Intimidación / Absorbe Fuego
Debilidades: Tierra, Roca, Agua

POKÉMON ESPADA:
De naturaleza valiente y honrada, se enfrenta sin miedo a enemigos más grandes y fuertes.

POKÉMON ESCUDO:
Extremadamente fiel, ladrará furioso a cualquiera que suponga una amenaza para su Entrenador con tal de defenderlo.

Growlithe ➡ Arcanine

Grubbin

Pokémon Pupa

TIPO: Bicho

Pronunciación: grá.bin
Altura imperial: 1'4"
Altura métrica: 0,4 m
Peso imperial: 9,7 lbs.
Peso métrico: 4,4 kg
Sexo: ♂ ♀
Habilidades: Enjambre
Debilidades: Fuego, Volador, Roca

POKÉMON ESPADA:

Con sus potentes mandíbulas puede hacer trizas las ramas más gruesas y ahuyentar incluso a los Rookidee, su enemigo natural.

POKÉMON ESCUDO:

Cava su madriguera en el lecho boscoso con sus grandes mandíbulas. Le encanta la savia dulce de los árboles.

Grubbin ⇨ Charjabug ⇨ Vikavolt

Gurdurr

Pokémon Musculoso

TIPO: Lucha

Pronunciación: gúr.dur
Altura imperial: 3'11"
Altura métrica: 1,2 m
Peso imperial: 88,2 lbs.
Peso métrico: 40,0 kg
Sexo: ♂ ♀
Habilidades: Agallas / Potencia Bruta
Debilidades: Psíquico, Volador, Hada

POKÉMON ESPADA:

A menudo realiza competiciones de fuerza con sus congéneres y con los Machoke. El perdedor debe pasar un tiempo sin dejarse ver.

POKÉMON ESCUDO:

Blande vigas de acero con gran destreza, pero la construcción no se le da muy bien; de hecho, su especialidad es la demolición.

Timburr ⇨ Gurdurr ⇨ Conkeldurr

Gyarados

Pokémon Atrocidad

Pronunciación: giá.ra.dos
Altura imperial: 21'4"
Altura métrica: 6,5 m
Peso imperial: 518,1 lbs.
Peso métrico: 235,0 kg
Sexo: ♂ ♀
Habilidades: Intimidación
Debilidades: Eléctrico, Roca

POKÉMON ESPADA:

Es exageradamente agresivo.
El Hiperrayo que lanza por
la boca reduce a cenizas todo
lo que encuentra.

POKÉMON ESCUDO:

Cuando monta en cólera,
puede quemarlo todo, incluso en
medio de la más violenta tormenta.

Magikarp ⇨ Gyarados

Hakamo-o
Pokémon Escamas

TIPO: Dragón-Lucha

Pronunciación: ja.ka.mó.o
Altura imperial: 3'11"
Altura métrica: 1,2 m
Peso imperial: 103,6 lbs.
Peso métrico: 47,0 kg
Sexo: ♂ ♀
Habilidades: Antibalas / Insonorizar
Debilidades: Hada, Volador, Psíquico, Hielo, Dragón

POKÉMON ESPADA:
Como prueba de su fuerza, muestra orgulloso a quienes vence las cicatrices de su cuerpo donde ya no tiene escamas.

POKÉMON ESCUDO:
Tras hacer sonar sus escamas y proferir su grito de guerra, carga contra el enemigo y lo hace trizas con sus afiladas garras.

Jangmo-o Hakamo-o Kommo-o

Hatenna
Pokémon Calma

TIPO: Psíquico

Pronunciación: ja.té.na
Altura imperial: 1'4"
Altura métrica: 0,4 m
Peso imperial: 7,5 lbs.
Peso métrico: 3,4 kg
Sexo: ♀
Habilidades: Alma Cura / Anticipación
Debilidades: Fantasma, Siniestro, Bicho

POKÉMON ESPADA:
Percibe los sentimientos de los seres vivos con la protuberancia de la cabeza. Sólo abre su corazón a quienes muestren un carácter sosegado.

POKÉMON ESCUDO:
Siente predilección por los lugares despoblados. Si percibe una emoción intensa, emprende la huida a toda prisa.

Hatenna Hattrem Hatterene

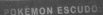

Hatterene

Pokémon Silencio

TIPO:
Psíquico-Hada

Pronunciación: já.te.rin
Altura imperial: 6'11"
Altura métrica: 2,1 m
Peso imperial: 11,2 lbs.
Peso métrico: 5,1 kg
Sexo: ♀
Habilidades: Alma Cura / Anticipación
Debilidades: Fantasma, Acero, Veneno

POKÉMON ESPADA:
Para mantener alejados a los demás seres vivos, emana a su alrededor ondas psíquicas cuya potencia es capaz de provocar jaquecas.

POKÉMON ESCUDO:
Recibe el apodo de Hechicera del Bosque. Quienes arman demasiado barullo se exponen a ser despedazados por las garras de su tentáculo.

Hatenna   Hattrem   Hatterene

Hatterene Gigamax

Altura imperial: 85'4"+
Altura métrica: >26,0 m
Peso imperial: ????,? lbs.
Peso métrico: ???,? kg

POKÉMON ESPADA:
Puede percibir los sentimientos de cualquier ser vivo en un radio de 50 km. En cuanto detecta hostilidad, inicia la ofensiva.

POKÉMON ESCUDO:
De sus tentáculos brotan incesantemente rayos láser similares a relámpagos. Se lo conoce también como la Divinidad Iracunda.

Hattrem
Pokémon Serenidad

Hatenna ➡ **Hattrem** ➡ **Hatterene**

Pronunciación: já.trem
Altura imperial: 2'
Altura métrica: 0,6 m
Peso imperial: 10,6 lbs.
Peso métrico: 4,8 kg
Sexo: ♀
Habilidades: Alma Cura / Anticipación
Debilidades: Fantasma, Siniestro, Bicho

POKÉMON ESPADA:
Silencia a cualquiera que muestre una emoción intensa sin importar de quién se trate y recurre para ello a métodos a cuál más violento.

POKÉMON ESCUDO:
Silencia al objetivo atizándole con los mechones. Despliega una potencia devastadora capaz de noquear a un boxeador profesional.

Haunter

Pokémon Gas

TIPO:
Fantasma-Veneno

Pronunciación: jáun.ter
Altura imperial: 5'3"
Altura métrica: 1,6 m
Peso imperial: 0,2 lbs.
Peso métrico: 0,1 kg
Sexo: ♂ ♀
Habilidades: Levitación
Debilidades: Siniestro, Fantasma, Psíquico

POKÉMON ESPADA:
Su lengua está hecha de gas. Si lame a su víctima, ésta sufrirá constantes temblores hasta fallecer.

POKÉMON ESCUDO:
Cuando se tiene la sensación de ser observado en la oscuridad sin que haya nadie alrededor, seguro que es porque un Haunter anda cerca.

Gastly ⇨ Haunter ⇨ Gengar

TIPO:
Lucha-Volador

Hawlucha

Pokémon Lucha Libre

Pronunciación: jo.lú.cha
Altura imperial: 2'7"
Altura métrica: 0,8 m
Peso imperial: 47,4 lbs.
Peso métrico: 21,5 kg
Sexo: ♂ ♀
Habilidades: Flexibilidad / Liviano
Debilidades: Eléctrico, Psíquico, Volador, Hielo, Hada

POKÉMON ESPADA:
Se vale de su agilidad para minar las fuerzas del rival y, una vez extenuado, remata el combate ejecutando una técnica formidable.

POKÉMON ESCUDO:
Siempre se exhibe con alguna pose justo antes de propinar el golpe de gracia, momento que algunos rivales aprovechan para contraatacar.

No evoluciona.

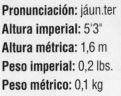

Haxorus
Pokémon Boca Hacha

Pronunciación: ják.so.rus
Altura imperial: 5'11"
Altura métrica: 1,8 m
Peso imperial: 232,6 lbs.
Peso métrico: 105,5 kg
Sexo: ♂ ♀
Habilidades: Rivalidad / Rompemoldes
Debilidades: Hielo, Dragón, Hada

POKÉMON ESPADA:

Su mayor fortaleza son sus colmillos, de gran tamaño y robustez. Lame la tierra en busca de minerales para mantenerlos fuertes y resistentes.

POKÉMON ESCUDO:

Amable por naturaleza, infunde auténtico pavor al enfadarse. Su mayor fortaleza son los colmillos, con los que puede cortar un armazón de acero.

Axew ⇨ Fraxure ⇨ Haxorus

Heatmor

Pokémon Hormiguero

TIPO:
Fuego

Pronunciación: jít.mor
Altura imperial: 4'7"
Altura métrica: 1,4 m
Peso imperial: 127,9 lbs.
Peso métrico: 58,0 kg
Sexo: ♂ ♀
Habilidades: Gula / Absorbe Fuego
Debilidades: Agua, Tierra, Roca

POKÉMON ESPADA:

Absorbe aire por el orificio de la cola para prender las llamas que expulsa. Si la abertura se obstruye, enferma.

POKÉMON ESCUDO:

Usa llamas a modo de lengua para derretir el duro exoesqueleto de los Durant antes de devorarlos.

No evoluciona.

Heliolisk
Pokémon Generador

TIPO:
Eléctrico-
Normal

Pronunciación: é.lio.lisk
Altura imperial: 3'3"
Altura métrica: 1,0 m
Peso imperial: 46,3 lbs.
Peso métrico: 21,0 kg
Sexo: ♂ ♀
Habilidades: Piel Seca / Velo Arena
Debilidades: Lucha, Tierra

POKÉMON ESPADA:
Venerado por una antigua civilización del desierto, ahora desaparecida, llegó a Galar junto a sus tesoros y reliquias.

POKÉMON ESCUDO:
Al extender su gorguera y exponerse a la luz solar, genera la energía eléctrica suficiente para cubrir el consumo de una metrópoli entera.

Helioptile ⇨ Heliolisk

TIPO:
Eléctrico-
Normal

Helioptile
Pokémon Generador

Pronunciación: é.liop.tail
Altura imperial: 1'8"
Altura métrica: 0,5 m
Peso imperial: 13,2 lbs.
Peso métrico: 6,0 kg
Sexo: ♂ ♀
Habilidades: Piel Seca / Velo Arena
Debilidades: Lucha, Tierra

POKÉMON ESPADA:
Extiende los pliegues de la cabeza para absorber la luz del sol y convertirla en electricidad, con la que realiza potentes ataques de tipo Eléctrico.

POKÉMON ESCUDO:
Es capaz de generar electricidad a partir de la luz del sol. Si lo interrumpen en pleno proceso, se pone nervioso y pierde las fuerzas.

Helioptile ⇨ Heliolisk

Hippopotas
Pokémon Hipo

TIPO:
Tierra

Pronunciación: i.po.pó.tas
Altura imperial: 2'7"
Altura métrica: 0,8 m
Peso imperial: 109,1 lbs.
Peso métrico: 49,5 kg
Sexo: ♂ ♀
Habilidades: Chorro Arena
Debilidades: Planta, Hielo, Agua

POKÉMON ESPADA:
Se desplaza con la boca abierta engullendo tanto presas como arena por igual. Luego, expulsa la arenilla por la nariz.

POKÉMON ESCUDO:
Este Pokémon de hábitos diurnos se entierra en la arena para dormir cuando la temperatura en el desierto se desploma al caer la noche.

Hippopotas ⇨ Hippowdon

TIPO:
Tierra

Hippowdon
Pokémon Peso Pesado

Pronunciación: i.póu.don
Altura imperial: 6'7"
Altura métrica: 2,0 m
Peso imperial: 661,4 lbs.
Peso métrico: 300,0 kg
Sexo: ♂ ♀
Habilidades: Chorro Arena
Debilidades: Planta, Hielo, Agua

POKÉMON ESPADA:
Protege con celo a los Dwebble, ya que le ayudan a liberarse de las piedras que a veces le obstruyen los orificios del lomo.

POKÉMON ESCUDO:
Puede ser muy agresivo cuando se enfada. Provoca auténticas tempestades de arena al expulsar la que ha tragado.

Hippopotas ⇨ Hippowdon

Hitmonchan

Pokémon Puñetazo

TIPO:
Lucha

Pronunciación: jít.mon.chan
Altura imperial: 4'7"
Altura métrica: 1,4 m
Peso imperial: 110,7 lbs.
Peso métrico: 50,2 kg
Sexo: ♂
Habilidades: Vista Lince / Puño Férreo
Debilidades: Volador, Psíquico, Hada

Hitmonlee

Tyrogue

Hitmonchan

Hitmontop

POKÉMON ESPADA:
Sus puñetazos cortan el aire. Son tan veloces que el mínimo roce podría causar una quemadura.

POKÉMON ESCUDO:
Sus puñetazos son capaces incluso de cortar el aire, aunque parece necesitar un descanso tras estar luchando durante 3 min.

Hitmonlee
Pokémon Patada

Pronunciación: jít.mon.li
Altura imperial: 4'11"
Altura métrica: 1,5 m
Peso imperial: 109,8 lbs.
Peso métrico: 49,8 kg
Sexo: ♂
Habilidades: Flexibilidad / Audaz
Debilidades: Volador, Psíquico, Hada

Hitmonlee

Hitmonchan

Tyrogue

Hitmontop

POKÉMON ESPADA:
Este Pokémon tiene un sentido del equilibrio increíble. Puede dar patadas desde cualquier posición.

POKÉMON ESCUDO:
Encoge y estira las piernas a su antojo. De hecho, hasta puede propinar una patada a un rival que se encuentre lejos.

Hitmontop
Pokémon Boca Abajo

TIPO:
Lucha

Pronunciación: jít.mon.top
Altura imperial: 4'7"
Altura métrica: 1,4 m
Peso imperial: 105,8 lbs.
Peso métrico: 48,0 kg
Sexo: ♂
Habilidades: Intimidación / Experto
Debilidades: Volador, Psíquico, Hada

Hitmonlee

Hitmonchan

Tyrogue

Hitmontop

POKÉMON ESPADA:
Lanza patadas mientras gira. Si alcanza mucha velocidad, puede cavar un hoyo en la tierra.

POKÉMON ESCUDO:
Tras hacer el pino para desconcertar a su rival, comienza a propinar sus espectaculares patadas.

Honedge

Pokémon Tizona

Pronunciación: jó.nech
Altura imperial: 2'7"
Altura métrica: 0,8 m
Peso imperial: 4,4 lbs.
Peso métrico: 2,0 kg
Sexo: ♂ ♀
Habilidades: Indefenso
Debilidades: Fuego, Fantasma, Siniestro,
Tierra

POKÉMON ESPADA:

Su alma es la de un ser humano que poseyó la misma espada que lo abatió en tiempos remotos.

POKÉMON ESCUDO:

El ojo azul de la empuñadura es su verdadero cuerpo. Absorbe la energía vital de las personas con su paño de aspecto andrajoso.

Honedge **Doublade** **Aegislash**

Hoothoot

Pokémon Búho

Pronunciación: jut.jút
Altura imperial: 2'4"
Altura métrica: 0,7 m
Peso imperial: 46,7 lbs.
Peso métrico: 21,2 kg
Sexo: ♂ ♀
Habilidades: Insomnio / Vista Lince
Debilidades: Eléctrico, Hielo, Roca

POKÉMON ESPADA:

Se apoya en una sola pata y, cuando cambia de una a otra, se mueve tan rápido que apenas se percibe.

POKÉMON ESCUDO:

Todos los días empieza a ulular a la misma hora, por lo que algunos Entrenadores lo usan a modo de reloj.

Hoothoot **Noctowl**

Hydreigon

Pokémon Voraz

TIPO:
Siniestro-
Dragón

Pronunciación: jai.drái.gon
Altura imperial: 5'11"
Altura métrica: 1,8 m
Peso imperial: 352,7 lbs.
Peso métrico: 160,0 kg
Sexo: ♂ ♀
Habilidades: Levitación
Debilidades: Hielo, Lucha, Bicho, Dragón, Hada

POKÉMON ESPADA:

Ataca y devora todo lo que se mueve. Existen numerosos relatos de pueblos enteros que fueron arrasados por este Pokémon.

POKÉMON ESCUDO:

Sus tres cabezas se alternan para dar mordiscos y no cesarán en su ataque hasta que el rival haya caído redondo.

Deino   Zweilous   Hydreigon

TIPO:
Siniestro-
Hada

Impidimp

Pokémon Astuto

Pronunciación: ím.pi.dimp
Altura imperial: 1'4"
Altura métrica: 0,4 m
Peso imperial: 12,1 lbs.
Peso métrico: 5,5 kg
Sexo: ♂
Habilidades: Bromista / Cacheo
Debilidades: Acero, Hada, Veneno

POKÉMON ESPADA:

Con el fin de revitalizarse, inhala por la nariz la energía negativa que desprenden tanto personas como Pokémon cuando están descontentos.

POKÉMON ESCUDO:

Se infiltra en las casas para hurtar a sus anchas y, por si fuera poco, nutrirse de la energía negativa que liberan sus contrariados habitantes.

Impidimp   Morgrem   Grimmsnarl

128

Indeedee
Pokémon Sensorio

Macho

Hembra

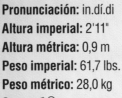

Pronunciación: in.dí.di
Altura imperial: 2'11"
Altura métrica: 0,9 m
Peso imperial: 61,7 lbs.
Peso métrico: 28,0 kg
Sexo: ♂ ♀
Habilidades: Foco Interno (macho) / Ritmo Propio (hembra) / Sincronía
Debilidades: Siniestro, Bicho

MACHO

POKÉMON ESPADA:
Percibe las emociones del objetivo con los cuernos de la cabeza. Los machos están atentos a cualquier cosa que necesite su Entrenador.

POKÉMON ESCUDO:
Con sus cuernos percibe las emociones de los seres vivos que se hallen cerca. Los sentimientos positivos constituyen su fuente de energía.

HEMBRA

POKÉMON ESPADA:
Este Pokémon muestra una inteligencia superior. Se comunica e intercambia información con sus congéneres a través de los cuernos.

POKÉMON ESCUDO:
Ayuda a humanos y Pokémon para que le estén agradecidos. A las hembras se les da especialmente bien cuidar de niños pequeños.

No evoluciona.

Inkay
Pokémon Rotación

Pronunciación: in.kéi
Altura imperial: 1'4"
Altura métrica: 0,4 m
Peso imperial: 7,7 lbs.
Peso métrico: 3,5 kg
Sexo: ♂ ♀
Habilidades: Respondón / Ventosas
Debilidades: Hada, Bicho

POKÉMON ESPADA:
Gira sobre sí mismo emitiendo luz intermitente con la que crea señales para comunicarse con los suyos.

POKÉMON ESCUDO:
Los destellos de luz intermitente que emite aplacan el ánimo de lucha del enemigo, tras lo que aprovecha para esconderse.

Inkay   Malamar

Inteleon
Pokémon Agente

TIPO:
Agua

Pronunciación: in.té.le.on
Altura imperial: 6'3"
Altura métrica: 1,9 m
Peso imperial: 99,6 lbs.
Peso métrico: 45,2 kg
Sexo: ♂ ♀
Habilidades: Torrente
Debilidades: Planta, Eléctrico

POKÉMON ESPADA:
Esconde algunos trucos bajo la manga: puede disparar agua por los dedos o planear con las membranas de su espalda.

POKÉMON ESCUDO:
Dispara chorros de agua por la punta de los dedos a 3 Mach de velocidad. Con su membrana nictitante puede ver los puntos débiles del rival.

Sobble   Drizzile   Inteleon

Jangmo-o
Pokémon Escamas

Pronunciación: yang.mó.o

Altura imperial: 2'

Altura métrica: 0,6 m

Peso imperial: 65,5 lbs.

Peso métrico: 29,7 kg

Sexo: ♂ ♀

Habilidades: Antibalas / Insonorizar

Debilidades: Hada, Hielo, Dragón

POKÉMON ESPADA:

Aprende a luchar haciendo chocar la escama de su cabeza con la de sus congéneres. Así fortalece tanto la mente como sus movimientos.

POKÉMON ESCUDO:

Se comunica con sus congéneres mediante los sonidos que produce al golpear sus escamas, duras como el acero.

Jangmo-o → Hakamo-o → Kommo-o

Jellicent

Pokémon Ingrávido

TIPO:
Agua-Fantasma

Pronunciación: yé.li.zent
Altura imperial: 7'3"
Altura métrica: 2,2 m
Peso imperial: 297,6 lbs.
Peso métrico: 135,0 kg
Sexo: ♂ ♀
Habilidades: Absorbe Agua / Cuerpo Maldito
Debilidades: Planta, Eléctrico, Fantasma, Siniestro

Macho

Hembra

Frillish ⇨ **Jellicent**

MACHO

POKÉMON ESPADA:
Su cuerpo está compuesto en su mayor parte de agua salada. Crea su guarida con navíos hundidos.

POKÉMON ESCUDO:
Las noches de luna llena, bancos enteros de Jellicent emergen a la superficie y aguardan la llegada de alguna presa incauta.

HEMBRA

POKÉMON ESPADA:
Su cuerpo está compuesto en su mayor parte de agua salada. Crea su guarida con navíos hundidos.

POKÉMON ESCUDO:
La corona que luce en la cabeza va aumentando de volumen a medida que absorbe la energía vital de otros seres.

TIPO:
Eléctrico

Jolteon

Pokémon Relámpago

Pronunciación: yól.te.on
Altura imperial: 2'7"
Altura métrica: 0,8 m
Peso imperial: 54 lbs.
Peso métrico: 24,5 kg
Sexo: ♂ ♀
Habilidades: Absorbe Electricidad
Debilidades: Tierra

Eevee ⇨ **Jolteon**

POKÉMON ESPADA:
Si se enfada o asusta, se le eriza el pelaje. Cada uno de sus pelos se convierte en una afilada púa que hace trizas al rival.

POKÉMON ESCUDO:
Acumula iones negativos de la atmósfera para lanzar rayos de 10 000 V de potencia.

Joltik

Pokémon Lapa

TIPO:
Bicho-
Eléctrico

Pronunciación: yól.tik
Altura imperial: 4"
Altura métrica: 0,1 m
Peso imperial: 1,3 lbs.
Peso métrico: 0,6 kg
Sexo: ♂ ♀
Habilidades: Ojo Compuesto / Nerviosismo
Debilidades: Fuego, Roca

POKÉMON ESPADA:
No puede generar electricidad por sí mismo, así que se encarama a otros Pokémon y absorbe su energía estática.

POKÉMON ESCUDO:
Se agarra a otros Pokémon para absorber su electricidad estática. Es muy común verlo aferrado a las posaderas de un Yamper.

Joltik ⇨ Galvantula

Karrablast

Pokémon Bocado

TIPO:
Bicho

Pronunciación: ká.rra.blast
Altura imperial: 1'8"
Altura métrica: 0,5 m
Peso imperial: 13 lbs.
Peso métrico: 5,9 kg
Sexo: ♂ ♀
Habilidades: Enjambre / Mudar
Debilidades: Fuego, Volador, Roca

POKÉMON ESPADA:
Su misterioso cuerpo reacciona a la energía eléctrica. Si se encuentra en presencia de un Shelmet, evoluciona.

POKÉMON ESCUDO:
Escupe un líquido corrosivo con el que disuelve el caparazón de los Shelmet para luego devorar el contenido.

Karrablast ⇨ Escavalier

Kingler
Pokémon Tenaza

TIPO: Agua

Pronunciación: kín.gler
Altura imperial: 4'3"
Altura métrica: 1,3 m
Peso imperial: 132,3 lbs.
Peso métrico: 60,0 kg
Sexo: ♂ ♀
Habilidades: Corte Fuerte / Caparazón
Debilidades: Eléctrico, Planta

POKÉMON ESPADA:
La pinza tan grande que tiene posee una fuerza de 10 000 CV, pero le cuesta moverla por su gran tamaño.

POKÉMON ESCUDO:
Su gran pinza posee una potencia devastadora, pero su peso excesivo la convierte en un estorbo fuera del terreno de combate.

Krabby　　　**Kingler**

Kingler Gigamax

Altura imperial: 62'4"+
Altura métrica: >19,0 m
Peso imperial: ????,? lbs.
Peso métrico: ????,? kg

POKÉMON ESPADA:
Puede pulverizar cualquier cosa con su pinza izquierda, que ha adoptado dimensiones descomunales gracias al fenómeno Gigamax.

POKÉMON ESCUDO:
Expulsa una espuma tan alcalina y corrosiva que es capaz de disolver al instante el cuerpo de sus adversarios.

Kirlia

Pokémon Sensorio

TIPO: Psíquico-Hada

Pronunciación: kír.lia
Altura imperial: 2'7"
Altura métrica: 0,8 m
Peso imperial: 44,5 lbs.
Peso métrico: 20,2 kg
Sexo: ♂ ♀
Habilidades: Sincronía / Rastro
Debilidades: Fantasma, Acero, Veneno

POKÉMON ESPADA:
Si su Entrenador está contento, desborda energía y baila alegremente dando giros.

POKÉMON ESCUDO:
Con sus poderes psíquicos puede deformar el espacio a su alrededor y predecir el futuro.

Ralts → Kirlia → Gardevoir / Gallade

TIPO: Acero

Klang

Pokémon Engranaje

Pronunciación: klang
Altura imperial: 2'
Altura métrica: 0,6 m
Peso imperial: 112,4 lbs.
Peso métrico: 51,0 kg
Sexo: Desconocido
Habilidades: Más / Menos
Debilidades: Fuego, Lucha, Tierra

POKÉMON ESPADA:
Cuando se pone serio, la parte externa de la rueda dentada grande se acopla a la pequeña y aumenta su velocidad de rotación.

POKÉMON ESCUDO:
Muchas empresas de Galar usan su imagen en sus logotipos como símbolo de tecnología industrial.

Klink → Klang → Klinklang

Klink

Pokémon Engranaje

TIPO:
Acero

Pronunciación: klink
Altura imperial: 1'
Altura métrica: 0,3 m
Peso imperial: 46,3 lbs.
Peso métrico: 21,0 kg
Sexo: Desconocido
Habilidades: Más / Menos
Debilidades: Fuego, Lucha, Tierra

POKÉMON ESPADA:
Los dos cuerpos que lo componen están más unidos que unos gemelos. Si intentaran acoplarse a otros, no lograrían encajar.

POKÉMON ESCUDO:
Se dice que en tiempos remotos los seres humanos se inspiraron en este Pokémon para inventar el mecanismo de engranaje.

Klink Klang Klinklang

Klinklang

Pokémon Engranaje

TIPO:
Acero

Pronunciación: klín.klang
Altura imperial: 2'
Altura métrica: 0,6 m
Peso imperial: 178,6 lbs.
Peso métrico: 81,0 kg
Sexo: Desconocido
Habilidades: Más / Menos
Debilidades: Fuego, Lucha, Tierra

POKÉMON ESPADA:
Emite fuertes descargas eléctricas por la punta de las púas. Acumula una gran cantidad de energía en su núcleo rojo.

POKÉMON ESCUDO:
Las tres ruedas dentadas giran a gran velocidad. El aro metálico dotado de púas no es materia viva.

Klink ⇨ Klang ⇨ Klinklang

Koffing

Pokémon Gas Venenoso

Pronunciación: kó.fing
Altura imperial: 2'
Altura métrica: 0,6 m
Peso imperial: 2,2 lbs.
Peso métrico: 1,0 kg
Sexo: ♂ ♀
Habilidades: Levitación / Gas Reactivo
Debilidades: Psíquico, Tierra

POKÉMON ESPADA:
Su cuerpo está lleno a rebosar de gas venenoso. Acude a los vertederos atraído por el putrefacto olor que emana de los desperdicios.

POKÉMON ESCUDO:
Se nutre de aire contaminado. Al parecer, antaño eran mucho más numerosos en Galar.

Koffing **Weezing Forma de Galar**

Kommo-o

Pokémon Escamas

Pronunciación: ko.mó.o
Altura imperial: 5'3"
Altura métrica: 1,6 m
Peso imperial: 172,4 lbs.
Peso métrico: 78,2 kg
Sexo: ♂ ♀
Habilidades: Antibalas / Insonorizar
Debilidades: Hada, Volador, Psíquico, Hielo, Dragón

POKÉMON ESPADA:
Al encontrarse con un enemigo, hace sonar las escamas de su cola para intimidarlo. Solamente lucha contra aquellos que no se acobardan.

POKÉMON ESCUDO:
Se han descubierto antiguas representaciones pictóricas de guerreros que lucían armaduras confeccionadas con escamas de Kommo-o.

Jangmo-o   Hakamo-o   Kommo-o

Krabby

Pokémon Cangrejo

Pronunciación: krá.bi
Altura imperial: 1'4"
Altura métrica: 0,4 m
Peso imperial: 14,3 lbs.
Peso métrico: 6,5 kg
Sexo: ♂♀
Habilidades: Corte Fuerte / Caparazón
Debilidades: Eléctrico, Planta

POKÉMON ESPADA:
Es fácil encontrarlo cerca del mar. Las largas pinzas que tiene vuelven a crecer si se las quitan de su sitio.

POKÉMON ESCUDO:
Ante el peligro, se camufla con las burbujas que desprende por la boca para parecer más grande.

Krabby ➡ Kingler

Lampent

Pokémon Farolillo

TIPO:
Fantasma-Fuego

Pronunciación: lám.pent
Altura imperial: 2'
Altura métrica: 0,6 m
Peso imperial: 28,7 lbs.
Peso métrico: 13,0 kg
Sexo: ♂♀
Habilidades: Absorbe Fuego / Cuerpo Llama
Debilidades: Agua, Tierra, Roca, Fantasma, Siniestro

POKÉMON ESPADA:
Es considerado y temido como Pokémon de mal agüero, ya que aparece en los instantes previos al fallecimiento de alguien.

POKÉMON ESCUDO:
Se oculta en entornos urbanos haciéndose pasar por una lámpara corriente. Si se topa con alguien moribundo, lo sigue en silencio.

Litwick ➡ Lampent ➡ Chandelure

Lanturn

Pokémon Luz

Pronunciación: lán.turn
Altura imperial: 3'11"
Altura métrica: 1,2 m
Peso imperial: 49,6 lbs.
Peso métrico: 22,5 kg
Sexo: ♂♀
Habilidades: Absorbe Electricidad / Iluminación
Debilidades: Planta, Tierra

POKÉMON ESPADA:
La luz que emite es tan brillante que puede iluminar la superficie del mar desde unos 5 km de profundidad.

POKÉMON ESCUDO:
Ciega a sus presas con una luz intensa. Si tiene la ocasión, les propina una descarga eléctrica.

Chinchou   Lanturn

Lapras
Pokémon Transporte

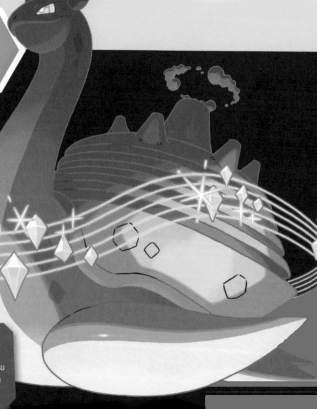

TIPO:
Agua-Hielo

Pronunciación: lá.pras
Altura imperial: 8'2"
Altura métrica: 2,5 m
Peso imperial: 485 lbs.
Peso métrico: 220,0 kg
Sexo: ♂ ♀
Habilidades: Absorbe Agua / Caparazón
Debilidades: Eléctrico, Lucha, Planta, Roca

POKÉMON ESPADA:
Este Pokémon posee una notable inteligencia y un corazón de oro. Entona un canto melodioso mientras surca el mar.

POKÉMON ESCUDO:
Nada sin problema en aguas heladas gracias a la soberbia resistencia al frío que posee. Su tersa piel es ligeramente fría al tacto.

No evoluciona.

Lapras Gigamax

Altura imperial: 78'9"+
Altura métrica: >24,0 m
Peso imperial: ????,? lbs.
Peso métrico: ???,? kg

POKÉMON ESPADA:
Puede transportar a más de 5000 personas sobre su caparazón y no se balancea con el oleaje, por lo que resulta un agradable crucero.

POKÉMON ESCUDO:
Surca los mares tranquilamente y destroza los icebergs que encuentra a su paso formando a su alrededor un gran anillo de cristales de hielo.

Larvitar
Pokémon Piel Roca

Pronunciación: lár.bi.tar
Altura imperial: 2'
Altura métrica: 0,6 m
Peso imperial: 158,7 lbs.
Peso métrico: 72,0 kg
Sexo: ♂ ♀
Habilidades: Agallas
Debilidades: Planta, Agua, Lucha, Tierra, Hielo, Acero

POKÉMON ESPADA:
Nace en el subsuelo a gran profundidad. Tras ingerir la tierra que lo rodea, emerge a la superficie y se convierte en pupa.

POKÉMON ESCUDO:
Se alimenta de tierra. Después de devorar el equivalente a una montaña, se duerme y empieza a crecer.

Larvitar → Pupitar → Tyranitar

Leafeon
Pokémon Verdor

TIPO:
Planta

Pronunciación: lí.feon
Altura imperial: 3'3"
Altura métrica: 1,0 m
Peso imperial: 56,2 lbs.
Peso métrico: 25,5 kg
Sexo: ♂ ♀
Habilidades: Defensa Hoja
Debilidades: Bicho, Fuego, Volador, Hielo, Veneno

POKÉMON ESPADA:
El peculiar aroma que desprenden sus hojas es muy apreciado por los habitantes de Galar y se usa en la elaboración de codiciados perfumes.

POKÉMON ESCUDO:
Se siente muy orgulloso de su cola afilada como una espada, con la que es capaz de cortar en dos el tronco de un árbol grueso.

Eevee → Leafeon

Liepard

Pokémon Calculador

Pronunciación: lái.pard
Altura imperial: 3'7"
Altura métrica: 1,1 m
Peso imperial: 82,7 lbs.
Peso métrico: 37,5 kg
Sexo: ♂ ♀
Habilidades: Flexibilidad / Liviano
Debilidades: Lucha, Bicho, Hada

POKÉMON ESPADA:

Bajo su hermoso pelaje y cautivador estilo, que puede engañar fácilmente, se oculta un carácter imprevisible y agresivo.

POKÉMON ESCUDO:

Libra disputas territoriales con los Thievul. Se acerca a sus rivales por la espalda sin hacer el menor ruido.

Purrloin ⇨ **Liepard**

FORMA DE GALAR

Linoone

Pokémon Lanzado

Pronunciación: lai.nún
Altura imperial: 1'8"
Altura métrica: 0,5 m
Peso imperial: 71,7 lbs.
Peso métrico: 32,5 kg
Sexo: ♂ ♀
Habilidades: Recogida / Gula
Debilidades: Hada, Bicho, Lucha

POKÉMON ESPADA:

Provoca a sus presas con su larga lengua y arremete con fuerza contra ellas cuando montan en cólera.

POKÉMON ESCUDO:

Posee un carácter beligerante y temerario. Hace frente impávidamente a oponentes mucho más fuertes que él.

Zigzagoon
Forma de Galar **Linoone**
Forma de Galar **Obstagoon**

Litwick

Pokémon Vela

TIPO:
Fantasma-Fuego

Pronunciación: lít.uik
Altura imperial: 1'
Altura métrica: 0,3 m
Peso imperial: 6,8 lbs.
Peso métrico: 3,1 kg
Sexo: ♂ ♀
Habilidades: Absorbe Fuego / Cuerpo Llama
Debilidades: Agua, Tierra, Roca, Fantasma,
Siniestro

POKÉMON ESPADA:

El calor de la llama hace que su cuerpo esté algo tibio. Toma de la mano a quien se pierde para llevárselo a su mundo de espíritus.

POKÉMON ESCUDO:

Cuanto más joven sea la energía vital que ha absorbido, mayor tamaño tendrá la llama de la cabeza y más siniestro será su brillo.

Litwick **Lampent** **Chandelure**

Lombre

Pokémon Alegre

TIPO:
Agua-Planta

Pronunciación: lóm.bre
Altura imperial: 3'11"
Altura métrica: 1,2 m
Peso imperial: 71,7 lbs.
Peso métrico: 32,5 kg
Sexo: ♂ ♀
Habilidades: Nado Rápido / Cura Lluvia
Debilidades: Bicho, Volador, Veneno

POKÉMON ESPADA:

Este Pokémon nocturno entra en acción al caer la tarde. Se alimenta del musgo que crece en el lecho de los ríos.

POKÉMON ESCUDO:

Vive en las riberas bañadas por el sol. De día duerme sobre un lecho de plantas acuáticas y de noche entra en acción.

Lotad **Lombre** **Ludicolo**

Lotad
Pokémon Lenteja Agua

TIPO:
Agua-
Planta

Pronunciación: ló.tad
Altura imperial: 1'8"
Altura métrica: 0,5 m
Peso imperial: 5,7 lbs.
Peso métrico: 2,6 kg
Sexo: ♂ ♀
Habilidades: Nado Rápido / Cura Lluvia
Debilidades: Bicho, Volador, Veneno

POKÉMON ESPADA:
Va buscando agua potable para beber. Si no la encuentra pasado bastante tiempo, la hoja de la cabeza se le marchita.

POKÉMON ESCUDO:
El excesivo tamaño y peso de la hoja que tiene en la cabeza ha propiciado que viva flotando en el agua.

Lotad   Lombre   Ludicolo

Lucario
Pokémon Aura

TIPO:
Lucha-
Acero

Pronunciación: lu.ká.rio
Altura imperial: 3'11"
Altura métrica: 1,2 m
Peso imperial: 119 lbs.
Peso métrico: 54,0 kg
Sexo: ♂ ♀
Habilidades: Impasible / Foco Interno
Debilidades: Lucha, Fuego, Tierra

POKÉMON ESPADA:
Caza a sus presas manipulando una energía, denominada aura, cuya potencia es capaz incluso de hacer añicos rocas enormes.

POKÉMON ESCUDO:
Puede leer los pensamientos de la gente, por lo que establece lazos afectivos únicamente con Entrenadores de corazón noble.

Riolu   Lucario

Ludicolo
Pokémon Optimista

TIPO:
Agua-
Planta

Pronunciación: lu.di.kó.lo
Altura imperial: 4'11"
Altura métrica: 1,5 m
Peso imperial: 121,3 lbs.
Peso métrico: 55,0 kg
Sexo: ♂♀
Habilidades: Nado Rápido / Cura Lluvia
Debilidades: Bicho, Volador, Veneno

POKÉMON ESPADA:
El ritmo de la música alegre estimula sus células y aumenta su fuerza.

POKÉMON ESCUDO:
Mover su cuerpo al ritmo de música festiva puede hacer que aumente su fuerza.

 ⇨ ⇨
Lotad   **Lombre**   **Ludicolo**

TIPO:
Roca-
Psíquico

Lunatone
Pokémon Meteorito

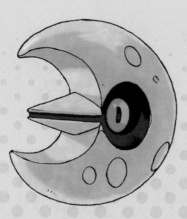

Pronunciación: lú.na.toun
Altura imperial: 3'3"
Altura métrica: 1,0 m
Peso imperial: 370,4 lbs.
Peso métrico: 168,0 kg
Sexo: Desconocido
Habilidades: Levitación
Debilidades: Bicho, Siniestro, Fantasma, Planta, Acero, Agua, Tierra

POKÉMON ESPADA:
Se piensa que las fases lunares tienen relación con la fluctuación de su poder. Se vuelve activo las noches de luna llena.

POKÉMON ESCUDO:
Fue descubierto hace 40 años en el lugar donde había caído un meteorito. Le basta fulminar a sus enemigos con la mirada para dormirlos.

No evoluciona.

Machamp
Pokémon Superpoder

TIPO:
Lucha

Pronunciación: ma.chámp
Altura imperial: 5'3"
Altura métrica: 1,6 m
Peso imperial: 286,6 lbs.
Peso métrico: 130,0 kg
Sexo: ♂♀
Habilidades: Agallas / Indefenso
Debilidades: Volador, Psíquico, Hada

POKÉMON ESPADA:
Mueve rápidamente sus cuatro brazos para asestar incesantes golpes y puñetazos desde todos los ángulos.

POKÉMON ESCUDO:
Puede dar varios puñetazos de una sola vez gracias a sus cuatro brazos. Golpea más rápido de lo que piensa.

Machop → Machoke → Machamp

Machamp Gigamax

Altura imperial: 82'+
Altura métrica: >25,0 m
Peso imperial: ????,? lbs.
Peso métrico: ???,? kg

POKÉMON ESPADA:
La energía del fenómeno Gigamax se concentra en sus brazos y le otorga una fuerza destructiva comparable a la de una bomba.

POKÉMON ESCUDO:
Gracias a su tremendo incremento de fuerza, puede cargar con embarcaciones de gran tamaño que estén en dificultades y llevarlas a puerto.

Machoke

Pokémon Superpoder

Pronunciación: ma.chóuk
Altura imperial: 4'11"
Altura métrica: 1,5 m
Peso imperial: 155,4 lbs.
Peso métrico: 70,5 kg
Sexo: ♂ ♀
Habilidades: Agallas / Indefenso
Debilidades: Volador, Psíquico, Hada

POKÉMON ESPADA:
Su musculoso cuerpo es tan fuerte
que usa un cinto antifuerza para
controlar sus movimientos.

POKÉMON ESCUDO:
Tiene una complexión tan fuerte que
nunca se cansa. Suele ayudar a la
gente a cargar objetos pesados.

Machop ⇒ Machoke ⇒ Machamp

Machop
Pokémon Superpoder

TIPO:
Lucha

Pronunciación: ma.chóp
Altura imperial: 2'7"
Altura métrica: 0,8 m
Peso imperial: 43 lbs.
Peso métrico: 19,5 kg
Sexo: ♂ ♀
Habilidades: Agallas / Indefenso
Debilidades: Volador, Psíquico, Hada

POKÉMON ESPADA:
Es una masa de músculos y, pese a su pequeño tamaño, tiene fuerza de sobra para levantar en brazos a 100 personas.

POKÉMON ESCUDO:
Siempre rebosante de energía, pasa el tiempo levantando piedras para hacerse aún más fuerte.

Machop   Machoke   Machamp

Magikarp
Pokémon Pez

Pronunciación: ma.yi.kárp
Altura imperial: 2'11"
Altura métrica: 0,9 m
Peso imperial: 22 lbs.
Peso métrico: 10,0 kg
Sexo: ♂♀
Habilidades: Nado Rápido
Debilidades: Eléctrico, Planta

POKÉMON ESPADA:
Es el Pokémon más débil y patético que existe, con una fuerza y velocidad prácticamente nulas.

POKÉMON ESCUDO:
Este Pokémon débil y patético se limita a dejarse llevar por la corriente cuando ésta tiene fuerza.

Magikarp ⇒ Gyarados

Malamar
Pokémon Revolución

Pronunciación: ma.la.már
Altura imperial: 4'11"
Altura métrica: 1,5 m
Peso imperial: 103,6 lbs.
Peso métrico: 47,0 kg
Sexo: ♂♀
Habilidades: Respondón / Ventosas
Debilidades: Hada, Bicho

POKÉMON ESPADA:
Los destellos que emite sumen rápidamente en un estado hipnótico al observador, que queda bajo su control.

POKÉMON ESCUDO:
Se dice que sus poderes hipnóticos han influido en grandes acontecimientos que han cambiado el curso de la historia.

Inkay ⇒ Malamar

Mamoswine

Pokémon Doscolmillos

Pronunciación: má.mo.suain
Altura imperial: 8'2"
Altura métrica: 2,5 m
Peso imperial: 641,5 lbs.
Peso métrico: 291,0 kg
Sexo: ♂♀
Habilidades: Despiste / Manto Níveo
Debilidades: Lucha, Fuego, Planta, Acero, Agua

POKÉMON ESPADA:
Aparece representado en pinturas rupestres de hace 10 000 años. Hubo un tiempo en el que se lo consideró extinto.

POKÉMON ESCUDO:
Es tan fuerte como parece. Cuanto más frío hace, más gruesos, largos e imponentes se vuelven sus colmillos de hielo.

Swinub   Piloswine   Mamoswine

Mandibuzz

Pokémon Buitre Hueso

Pronunciación: mán.di.bas
Altura imperial: 3'11"
Altura métrica: 1,2 m
Peso imperial: 87,1 lbs.
Peso métrico: 39,5 kg
Sexo: ♀
Habilidades: Sacapecho / Funda
Debilidades: Eléctrico, Hielo, Roca, Hada

POKÉMON ESPADA:
A pesar de su carácter violento, si avista un Vullaby perdido, lo acoge en su nido y lo cuida con esmero hasta que está listo para partir.

POKÉMON ESCUDO:
Se engalana con los huesos que va recogiendo. Al parecer, la elección no es casual, sino que obedece a las tendencias de la moda.

Vullaby   Mandibuzz

Manectric

TIPO: Eléctrico

Pokémon Descarga

Electrike → **Manectric**

Pronunciación: mei.nék.trik
Altura imperial: 4'11"
Altura métrica: 1,5 m
Peso imperial: 88,6 lbs.
Peso métrico: 40,2 kg
Sexo: ♂ ♀
Habilidades: Electricidad Estática / Pararrayos
Debilidades: Tierra

POKÉMON ESPADA:

La electricidad estimula su musculatura para que pueda moverse a gran velocidad y le ayuda a recuperarse del dolor muscular rápidamente.

POKÉMON ESCUDO:

Rara vez aparece ante la gente. Dicen que suele colocar su madriguera donde caen rayos.

151

Mantine

Pokémon Milano

TIPO:
Agua-
Volador

Pronunciación: mán.tain
Altura imperial: 6'11"
Altura métrica: 2,1 m
Peso imperial: 485 lbs.
Peso métrico: 220,0 kg
Sexo: ♂ ♀
Habilidades: Nado Rápido / Absorbe Agua
Debilidades: Eléctrico, Roca

POKÉMON ESPADA:

Tras ganar velocidad nadando, aprovecha las olas para proyectarse y recorrer planeando hasta 100 m de distancia.

POKÉMON ESCUDO:

Mientras nada plácidamente, no le importa que los Remoraid se aferren a él para comerse sus sobras.

Mantyke ⇒ Mantine

Mantyke

Pokémon Milano

TIPO:
**Agua-
Volador**

Pronunciación: mán.taik
Altura imperial: 3'3"
Altura métrica: 1,0 m
Peso imperial: 143,3 lbs.
Peso métrico: 65,0 kg
Sexo: ♂ ♀
Habilidades: Nado Rápido / Absorbe Agua
Debilidades: Eléctrico, Roca

POKÉMON ESPADA:
Los Mantyke que habitan en los mares de Galar se mueven con lentitud, posiblemente por la baja temperatura de las aguas de la región.

POKÉMON ESCUDO:
Nada con los bancos de Remoraid y lucha junto a ellos cuando los ataca un enemigo.

Mantyke ⇒ Mantine

Maractus

Pokémon Cactus

TIPO:
Planta

Pronunciación: ma.rák.tus
Altura imperial: 3'3"
Altura métrica: 1,0 m
Peso imperial: 61,7 lbs.
Peso métrico: 28,0 kg
Sexo: ♂ ♀
Habilidades: Absorbe Agua / Clorofila
Debilidades: Fuego, Hielo, Veneno, Volador, Bicho

POKÉMON ESPADA:
Emite un sonido parecido a unas maracas. Se mueve con un ritmo marchoso para sorprender a los Pokémon pájaro, que huyen espantados.

POKÉMON ESCUDO:
Una vez al año, esparce sus semillas, cuyo alto valor nutritivo las convierte en una inestimable fuente de alimento en el desierto.

No evoluciona.

Mareanie

Pokémon Estrellatroz

Pronunciación: ma.rí.ni
Altura imperial: 1'4"
Altura métrica: 0,4 m
Peso imperial: 17,6 lbs.
Peso métrico: 8,0 kg
Sexo: ♂ ♀
Habilidades: Ensañamiento / Flexibilidad
Debilidades: Psíquico, Eléctrico, Tierra

POKÉMON ESPADA:

La picadura de sus aguijones provoca un hormigueo que no tarda en convertirse en una picazón insoportable.

POKÉMON ESCUDO:

A diferencia de sus congéneres de Alola, los ejemplares de Galar aún no saben lo deliciosas que están las ramas de Corsola.

Mareanie   Toxapex

Mawile

Pokémon Tramposo

TIPO:
Acero-
Hada

Pronunciación: mo.uáil
Altura imperial: 2'
Altura métrica: 0,6 m
Peso imperial: 25,4 lbs.
Peso métrico: 11,5 kg
Sexo: ♂ ♀
Habilidades: Corte Fuerte / Intimidación
Debilidades: Fuego, Tierra

POKÉMON ESPADA:

Con su cara inocente hace que el rival se confíe y, al bajar la guardia, le da un mordisco con sus enormes fauces del que no se puede liberar.

POKÉMON ESCUDO:

Sus otrora cuernos de acero se han transformado en grandes fauces con las que muerde a sus enemigos.

No evoluciona.

Meowstic

Pokémon Autocontrol

TIPO: **Psíquico**

Hembra

Macho

Pronunciación: miáus.tik
Altura imperial: 2'
Altura métrica: 0,6 m
Peso imperial: 18,7 lbs.
Peso métrico: 8,5 kg
Sexo: ♂ ♀
Habilidades: Vista Lince / Allanamiento
Debilidades: Fantasma, Siniestro, Bicho

Espurr → Meowstic (macho)
→ Meowstic (hembra)

MACHO

POKÉMON ESPADA:
Emite sus poderes psíquicos por las marcas en forma de ojos que tiene en las orejas, aunque, por lo general, las mantiene ocultas.

POKÉMON ESCUDO:
El fuerte instinto protector de los machos los lleva a liberar todo su poder cuando se trata de defenderse a si mismos o a su Entrenador.

HEMBRA

POKÉMON ESPADA:
Son ligeramente más agresivas y egoístas que los machos. Castigan sin piedad con sus poderes psíquicos a quienes las hagan enojar.

POKÉMON ESCUDO:
Cuando libera todo su poder psíquico, su fuerza puede hacer trizas un petrolero. Su carácter arisco forma parte de su encanto.

TIPO: **Normal**

Meowth

Pokémon Gato Araña

Pronunciación: miáuz
Altura imperial: 1'4"
Altura métrica: 0,4 m
Peso imperial: 9,3 lbs.
Peso métrico: 4,2 kg
Sexo: ♂ ♀
Habilidades: Recogida / Experto
Debilidades: Lucha

Meowth → Persian

POKÉMON ESPADA:
Le encanta reunir objetos brillantes. Cuando está de buen humor, hasta le muestra la colección a su Entrenador.

POKÉMON ESCUDO:
Se lava cuidadosamente la cara para que no se le ensucie la moneda de oro que tiene en la frente. No se lleva nada bien con los Meowth de Galar.

Meowth

Pokémon Gato Araña

TIPO: Acero

Pronunciación: miáuz
Altura imperial: 1'4"
Altura métrica: 0,4 m
Peso imperial: 16,5 lbs.
Peso métrico: 7,5 kg
Sexo: ♂ ♀
Habilidades: Recogida / Garra Dura
Debilidades: Fuego, Lucha, Tierra

POKÉMON ESPADA:
Algunas partes de su cuerpo se volvieron metálicas tras una larga convivencia con aguerrida gente del mar.

POKÉMON ESCUDO:
Cuanto más oscura es la moneda de su frente, mayor respeto inspira en sus congéneres. Es muy osado y no conoce el miedo.

Meowth Forma de Galar ⇨ **Perrserker**

Meowth Gigamax

Altura imperial: 108'3"+
Altura métrica: >33,0 m
Peso imperial: ????,? lbs.
Peso métrico: ???,? kg

POKÉMON ESPADA:
Se cree que el grabado de la gran moneda que ornamenta su frente contiene la clave para descifrar el secreto del fenómeno Dinamax.

POKÉMON ESCUDO:
Debido al fenómeno Gigamax, tanto la moneda de su frente como su torso han crecido de forma descomunal.

Metapod

Pokémon Capullo

Pronunciación: mé.ta.pod
Altura imperial: 2'4"
Altura métrica: 0,7 m
Peso imperial: 21,8 lbs.
Peso métrico: 9,9 kg
Sexo: ♂ ♀
Habilidades: Mudar
Debilidades: Fuego, Volador, Roca

POKÉMON ESPADA:
Como en este estado sólo puede endurecer su coraza, permanece inmóvil a la espera de evolucionar.

POKÉMON ESCUDO:
Aunque cuenta con una coraza muy dura, tiene un cuerpo bastante blando. Un ataque violento puede acabar con él.

Caterpie   Metapod   Butterfree

Milcery

Pokémon Nata

TIPO: Hada

Pronunciación: míl.se.ri
Altura imperial: 8"
Altura métrica: 0,2 m
Peso imperial: 0,7 lbs.
Peso métrico: 0,3 kg
Sexo: ♀
Habilidades: Velo Dulce
Debilidades: Acero, Veneno

POKÉMON ESPADA:
Su cremoso cuerpo surgió a partir de la unión de partículas odoríferas de dulces aromas presentes en el aire.

POKÉMON ESCUDO:
Se dice que las pastelerías donde ha aparecido Milcery tienen casi todo para saborear las mieles del éxito.

Milcery   Alcremie

Milotic

Pokémon Tierno

TIPO:
Agua

Pronunciación: mi.ló.tik
Altura imperial: 20'4"
Altura métrica: 6,2 m
Peso imperial: 357,1 lbs.
Peso métrico: 162,0 kg
Sexo: ♂ ♀
Habilidades: Escama Especial / Tenacidad
Debilidades: Eléctrico, Planta

POKÉMON ESPADA:
Se dice que es el Pokémon más bello. Ha sido la fuente de inspiración de un sinnúmero de artistas.

POKÉMON ESCUDO:
Se dice que su hermosa figura puede apaciguar el corazón de aquellos que tengan el ánimo alterado.

Feebas ➡ **Milotic**

Mime Jr.

Pokémon Mimo

TIPO:
Psíquico-Hada

Pronunciación: máim yú.nior
Altura imperial: 2'
Altura métrica: 0,6 m
Peso imperial: 28,7 lbs.
Peso métrico: 13,0 kg
Sexo: ♂ ♀
Habilidades: Insonorizar / Filtro
Debilidades: Fantasma, Acero, Veneno

POKÉMON ESPADA:
Imita todo lo que ve, especialmente los gráciles pasos de baile de Mr. Rime, que practica con gran tesón.

POKÉMON ESCUDO:
Su admiración por Mr. Rime, un consumado danzarín, lo lleva a seguirlo para aprender de él e imitar con esmero sus pasos de baile.

Mime Jr. ➡ **Mr. Mime Forma de Galar** ➡ **Mr. Rime**

Mimikyu
Pokémon Disfraz

Pronunciación: mí.mi.kiu
Altura imperial: 8"
Altura métrica: 0,2 m
Peso imperial: 1,5 lbs.
Peso métrico: 0,7 kg
Sexo: ♂ ♀
Habilidades: Disfraz
Debilidades: Fantasma, Acero

POKÉMON ESPADA:
Se cubre con un saco andrajoso con aspecto de Pikachu para no resultar tan aterrador, aunque éste le confiere un aspecto aún más terrorífico.

POKÉMON ESCUDO:
Un investigador que miró dentro del saco para estudiar a este Pokémon perdió la vida a causa de una misteriosa enfermedad.

No evoluciona.

Minccino
Pokémon Chinchilla

TIPO:
Normal

Pronunciación: min.chí.no
Altura imperial: 1'4"
Altura métrica: 0,4 m
Peso imperial: 12,8 lbs.
Peso métrico: 5,8 kg
Sexo: ♂ ♀
Habilidades: Gran Encanto / Experto
Debilidades: Lucha

POKÉMON ESPADA:
Usa la cola para barrer la basurilla. Su extrema pulcritud es tanto una ayuda en la limpieza del hogar como un incordio.

POKÉMON ESCUDO:
Se saludan entre sí frotándose la cola. Cuanto más voluminosa es, más orgullosos se muestran.

Minccino   Cinccino

Morelull

Pokémon Luminiscente

Pronunciación: mó.re.lal
Altura imperial: 8"
Altura métrica: 0,2 m
Peso imperial: 3,3 lbs.
Peso métrico: 1,5 kg
Sexo: ♂ ♀
Habilidades: Iluminación / Efecto Espora
Debilidades: Acero, Fuego, Volador, Hielo, Veneno

POKÉMON ESPADA:

Sus sombrerillos tienen un sabor delicioso. Aunque los Pokémon del bosque se los coman, les vuelven a crecer al día siguiente.

POKÉMON ESCUDO:

Vive en bosques umbríos. Esparce a su alrededor esporas titilantes que adormecen a sus enemigos.

Morelull　　**Shiinotic**

Morgrem

Pokémon Malicioso

Pronunciación: mór.grem
Altura imperial: 2'7"
Altura métrica: 0,8 m
Peso imperial: 27,6 lbs.
Peso métrico: 12,5 kg
Sexo: ♂
Habilidades: Bromista / Cacheo
Debilidades: Acero, Hada, Veneno

POKÉMON ESPADA:

Su estrategia consiste en postrarse ante el rival y fingir una disculpa para ensartarlo con el mechón que tiene en la espalda, afilado cual lanza.

POKÉMON ESCUDO:

De noche, atrae con astucia a su objetivo hasta el bosque. Al parecer tiene la capacidad de hacer crecer productos agrícolas.

Impidimp　Morgrem　Grimmsnarl

Morpeko
Pokémon Dos Caras

Pronunciación: mor.pé.ko
Altura imperial: 1'
Altura métrica: 0,3 m
Peso imperial: 6,6 lbs.
Peso métrico: 3,0 kg
Sexo: ♂ ♀
Habilidades: Mutapetito
Debilidades: Hada, Bicho, Lucha, Tierra

POKÉMON ESPADA:

Siempre tiene hambre. Se nutre de las semillas que guarda en una suerte de bolsillos para generar electricidad.

POKÉMON ESCUDO:

Siempre tiene apetito, sin importar lo mucho que coma. Lleva con sumo cuidado las semillas que ha tostado con su propia electricidad.

No evoluciona.

Mr. Mime

Pokémon Danza

TIPO:
Hielo-
Psíquico

Pronunciación: mís.ter máim

Altura imperial: 4'7"

Altura métrica: 1,4 m

Peso imperial: 125,2 lbs.

Peso métrico: 56,8 kg

Sexo: ♂ ♀

Habilidades: Espíritu Vital / Antibarrera

Debilidades: Acero, Fantasma, Fuego,
Siniestro, Roca, Bicho

POKÉMON ESPADA:
El tap es su especialidad. Genera una capa de hielo bajo sus pies, sobre la que taconea para crear barreras con las que protegerse.

POKÉMON ESCUDO:
Emite un aire glacial por las plantas de los pies. Baila tap con entusiasmo sobre las superficies que ha congelado.

Mime Jr. → Mr. Mime
Forma de Galar → Mr. Rime

Mr. Rime
Pokémon Cómico

TIPO: Hielo-Psíquico

Pronunciación: mis.ter.rráim
Altura imperial: 4'11"
Altura métrica: 1,5 m
Peso imperial: 128,3 lbs.
Peso métrico: 58,2 kg
Sexo: ♂ ♀
Habilidades: Tumbos / Antibarrera
Debilidades: Acero, Fantasma, Fuego, Siniestro, Roca, Bicho

POKÉMON ESPADA:
Es un bailarín consumado de tap. Agita su bastón de hielo mientras exhibe su destreza con gráciles pasos.

POKÉMON ESCUDO:
Se ha ganado la simpatía de todo el mundo por sus cómicos movimientos. Emite poderes psíquicos por el motivo de su barriga.

Mime Jr. ⇨ Mr. Mime Forma de Galar ⇨ Mr. Rime

Mudbray
Pokémon Asno

TIPO: Tierra

Pronunciación: mád.brei
Altura imperial: 3'3"
Altura métrica: 1,0 m
Peso imperial: 242,5 lbs.
Peso métrico: 110,0 kg
Sexo: ♂ ♀
Habilidades: Ritmo Propio / Firmeza
Debilidades: Agua, Planta, Hielo

POKÉMON ESPADA:
Puede llevar sin dificultad cargas cuyo peso sea 50 veces superior al suyo. Utiliza el lodo con suma destreza.

POKÉMON ESCUDO:
Tras recubrir sus patas con el lodo que crea masticando tierra, puede recorrer los peores caminos sin temor a resbalar.

Mudbray ⇨ Mudsdale

Mudsdale

Pokémon Caballo Tiro

TIPO: Tierra

Pronunciación: máds.deil
Altura imperial: 8'2"
Altura métrica: 2,5 m
Peso imperial: 2028,3 lbs.
Peso métrico: 920,0 kg
Sexo: ♂ ♀
Habilidades: Ritmo Propio / Firmeza
Debilidades: Agua, Planta, Hielo

POKÉMON ESPADA:
Cuando el lodo que recubre sus patas se seca, éstas se vuelven más duras que una roca. Puede reducir a chatarra un camión con una sola coz.

POKÉMON ESCUDO:
Su resistencia le permitiría recorrer Galar de punta a punta sin un solo descanso portando cargas de más de diez toneladas.

 ⇨

Mudbray　　　Mudsdale

Munchlax

Pokémon Comilón

TIPO: Normal

Pronunciación: mánch.laks
Altura imperial: 2'
Altura métrica: 0,6 m
Peso imperial: 231,5 lbs.
Peso métrico: 105,0 kg
Sexo: ♂ ♀
Habilidades: Recogida / Sebo
Debilidades: Lucha

POKÉMON ESPADA:
Atiborrarse de comida es su fijación. Como no le da asco nada, puede ingerir alimentos podridos sin inmutarse.

POKÉMON ESCUDO:
Guarda alimentos bajo el pelaje. Compartirá un pequeño bocado de vez en cuando con quien logre ganarse su confianza.

 ⇨

Munchlax　　　Snorlax

Munna

Pokémon Comesueños

TIPO: **Psíquico**

Pronunciación: mún.na
Altura imperial: 2'
Altura métrica: 0,6 m
Peso imperial: 51,4 lbs.
Peso métrico: 23,3 kg
Sexo: ♂ ♀
Habilidades: Alerta / Sincronía
Debilidades: Bicho, Fantasma, Siniestro

POKÉMON ESPADA:
Aparece en plena noche junto a la almohada de la gente. Cuando devora los sueños, los motivos de su cuerpo emiten una luz tenue.

POKÉMON ESCUDO:
El humo que despide cambia de color en función del sueño que haya consumido. Si es alegre, será rosa, o negruzco en el caso de una pesadilla.

 ⇨

Munna   Musharna

TIPO: **Psíquico**

Musharna

Pokémon Duermevela

Pronunciación: mu.shár.na
Altura imperial: 3'7"
Altura métrica: 1,1 m
Peso imperial: 133,4 lbs.
Peso métrico: 60,5 kg
Sexo: ♂ ♀
Habilidades: Alerta / Sincronía
Debilidades: Bicho, Fantasma, Siniestro

POKÉMON ESPADA:
Cuando el humo que desprende es de un color negruzco, conviene no acercarse, ya que puede hacer realidad las pesadillas.

POKÉMON ESCUDO:
Siempre está soñando o adormecido. Se pone de muy mal humor al despertar, por lo que es mejor no perturbarlo.

 ⇨

Munna   Musharna

Natu

Pokémon Pajarito

TIPO:
Psíquico-
Volador

Pronunciación: ná.tu
Altura imperial: 8"
Altura métrica: 0,2 m
Peso imperial: 4,4 lbs.
Peso métrico: 2,0 kg
Sexo: ♂ ♀
Habilidades: Sincronía / Madrugar
Debilidades: Siniestro, Eléctrico, Fantasma, Hielo, Roca

POKÉMON ESPADA:
Trepa con gran habilidad por el tronco de los árboles, donde aprovecha para picotear los brotes nuevos.

POKÉMON ESCUDO:
Se desplaza dando saltitos porque sus alas no han crecido lo suficiente. Siempre está mirando algo fijamente.

Natu **Xatu**

Nickit

Pokémon Zorro

TIPO:
Siniestro

Pronunciación: ní.kit
Altura imperial: 2'
Altura métrica: 0,6 m
Peso imperial: 19,6 lbs.
Peso métrico: 8,9 kg
Sexo: ♂ ♀
Habilidades: Fuga / Liviano
Debilidades: Hada, Bicho, Lucha

POKÉMON ESPADA:
Se sustenta con el alimento que roba a otros Pokémon. Las almohadillas de sus patas son tan blandas que no hace ningún ruido al caminar.

POKÉMON ESCUDO:
Prudente y astuto, borra con la cola las huellas que deja al huir tras robarle el alimento a otro Pokémon.

Nickit **Thievul**

Nincada

Pokémon Aprendiz

TIPO:
Bicho-
Tierra

Pronunciación: nin.ká.da
Altura imperial: 1'8"
Altura métrica: 0,5 m
Peso imperial: 12,1 lbs.
Peso métrico: 5,5 kg
Sexo: ♂♀
Habilidades: Ojo Compuesto
Debilidades: Fuego, Volador, Hielo, Agua

POKÉMON ESPADA:
Vivir bajo tierra durante tanto tiempo lo ha dejado prácticamente ciego. Las antenas que tiene le ayudan a orientarse.

POKÉMON ESCUDO:
Pueden pasar más de diez años bajo tierra. Absorben nutrientes de las raíces de los árboles.

Ninjask

Nincada **Shedinja**

Ninetales

Pokémon Zorro

TIPO:
Fuego

Pronunciación: náin.teils
Altura imperial: 3'7"
Altura métrica: 1,1 m
Peso imperial: 43,9 lbs.
Peso métrico: 19,9 kg
Sexo: ♂♀
Habilidades: Absorbe Fuego
Debilidades: Tierra, Roca, Agua

POKÉMON ESPADA:
Cuentan que llega a vivir hasta mil años y que cada una de las colas posee poderes sobrenaturales.

POKÉMON ESCUDO:
Muy inteligente y vengativo. Agarrar una de sus colas podría traer 1000 años de mala suerte.

Vulpix   **Ninetales**

Ninjask
Pokémon Ninja

Pronunciación: nín.yask
Altura imperial: 2'7"
Altura métrica: 0,8 m
Peso imperial: 26,5 lbs.
Peso métrico: 12,0 kg
Sexo: ♂♀
Habilidades: Impulso
Debilidades: Roca, Eléctrico, Fuego, Volador, Hielo

POKÉMON ESPADA:
Escuchar su zumbido de forma continua provoca jaquecas persistentes. Se mueve con tanta rapidez que es casi imposible verlo.

POKÉMON ESCUDO:
Este Pokémon es tan rápido que, según dicen, puede esquivar cualquier ataque. Le encanta alimentarse de la dulce savia de los árboles.

Ninjask

Nincada

Shedinja

Noctowl
Pokémon Búho

Pronunciación: nók.taul
Altura imperial: 5'3"
Altura métrica: 1,6 m
Peso imperial: 89,9 lbs.
Peso métrico: 40,8 kg
Sexo: ♂♀
Habilidades: Insomnio / Vista Lince
Debilidades: Eléctrico, Hielo, Roca

POKÉMON ESPADA:
Tiene los ojos muy desarrollados y puede ver con increíble claridad en la oscuridad más absoluta.

POKÉMON ESCUDO:
Cuando necesita pensar, gira la cabeza 180° para agudizar su capacidad intelectual.

Hoothoot Noctowl

Noibat

Pokémon Onda Sónica

Pronunciación: nói.bat
Altura imperial: 1'8"
Altura métrica: 0,5 m
Peso imperial: 17,6 lbs.
Peso métrico: 8,0 kg
Sexo: ♂ ♀
Habilidades: Cacheo / Allanamiento
Debilidades: Hielo, Roca, Hada, Dragón

POKÉMON ESPADA:
Al caer la noche, abandona su cueva y revolotea en busca de fruta madura, que localiza mediante ondas ultrasónicas.

POKÉMON ESCUDO:
Su registro vocal cubre todo el espectro de frecuencias. Ni los Pokémon más grandes soportan las ondas ultrasónicas que emite.

Noibat → Noivern

Noivern

Pokémon Onda Sónica

Pronunciación: nói.bern
Altura imperial: 4'11"
Altura métrica: 1,5 m
Peso imperial: 187,4 lbs.
Peso métrico: 85,0 kg
Sexo: ♂ ♀
Habilidades: Cacheo / Allanamiento
Debilidades: Hada, Dragón, Hielo, Roca

POKÉMON ESPADA:
Posee un carácter violento y cruel, por lo que no muestra reparos en aprovechar la oscuridad para atacar a enemigos indefensos.

POKÉMON ESCUDO:
Vuela en la oscuridad atormentando al enemigo con ondas ultrasónicas capaces de partir rocas antes de rematarlo con sus afilados colmillos.

 →

Noibat → Noivern

Nuzleaf
Pokémon Astuto

Pronunciación: nás.lif
Altura imperial: 3'3"
Altura métrica: 1,0 m
Peso imperial: 61,7 lbs.
Peso métrico: 28,0 kg
Sexo: ♂ ♀
Habilidades: Clorofila / Madrugar
Debilidades: Bicho, Fuego, Lucha, Volador, Hielo, Veneno, Hada

POKÉMON ESPADA:
Vive en lo más profundo del bosque. Utiliza la hoja de la cabeza como flauta para emitir un sonido perturbador.

POKÉMON ESCUDO:
Vive en las oquedades de los árboles grandes. El sonido que emite al usar la hoja de la cabeza como flauta asusta a quienes lo escuchan.

Seedot ⇨ Nuzleaf ⇨ Shiftry

Obstagoon
Pokémon Bloqueador

TIPO: Siniestro-Normal

Pronunciación: óbs.ta.gun
Altura imperial: 5'3"
Altura métrica: 1,6 m
Peso imperial: 101,4 lbs.
Peso métrico: 46,0 kg
Sexo: ♂ ♀
Habilidades: Audaz / Agallas
Debilidades: Hada, Bicho, Lucha

POKÉMON ESPADA:
La potencia de su voz es realmente pasmosa. La técnica que usa para intimidar al rival mientras grita recibe el nombre de Obstrucción.

POKÉMON ESCUDO:
Evoluciona tras haber librado numerosas peleas. El grito de guerra que profiere mientras pone los brazos en cruz atemoriza a cualquier rival.

Zigzagoon Forma de Galar ⇨ Linoone de Galar ⇨ Obstagoon

Octillery

Pokémon Reactor

Pronunciación: ok.tí.le.ri
Altura imperial: 2'11"
Altura métrica: 0,9 m
Peso imperial: 62,8 lbs.
Peso métrico: 28,5 kg
Sexo: ♂♀
Habilidades: Ventosas / Francotirador
Debilidades: Eléctrico, Planta

POKÉMON ESPADA:
Tiene querencia por los agujeros, hasta el punto de ocupar los que han hecho otros para anidar y dormir en ellos.

POKÉMON ESCUDO:
Atrapa a sus enemigos con los tentáculos y después los golpea con su dura cabeza.

Remoraid ⇨ Octillery

Oddish

Pokémon Hierbajo

Pronunciación: ó.dish
Altura imperial: 1'8"
Altura métrica: 0,5 m
Peso imperial: 11,9 lbs.
Peso métrico: 5,4 kg
Sexo: ♂♀
Habilidades: Clorofila
Debilidades: Fuego, Volador, Hielo, Psíquico

POKÉMON ESPADA:
Se mueve al exponerse a la luz de la luna. Merodea por la noche para esparcir sus semillas.

POKÉMON ESCUDO:
Durante el día, se agazapa en el frío subsuelo huyendo del sol. La luz de la luna le hace crecer.

Oddish ⇨ Gloom ⇨ Vileplume
⇨ Bellossom

Onix

Pokémon Serpiente Roca

Roca-Tierra

Pronunciación: ó.nix
Altura imperial: 28'10"
Altura métrica: 8,8 m
Peso imperial: 463 lbs.
Peso métrico: 210,0 kg
Sexo: ♂♀
Habilidades: Cabeza Roca / Robustez
Debilidades: Planta, Agua, Lucha, Tierra, Hielo, Acero

POKÉMON ESPADA:
Al abrirse paso bajo tierra, va absorbiendo todo lo que encuentra. Eso hace que su cuerpo sea así de sólido.

POKÉMON ESCUDO:
Perfora el suelo a una velocidad de 80 km/h girando y retorciendo su robusto y enorme cuerpo.

Onix → Steelix

Oranguru

Pokémon Sabio

Normal-Psíquico

Pronunciación: o.ran.gú.ru
Altura imperial: 4'11'
Altura métrica: 1,5 m
Peso imperial: 167,6 lbs.
Peso métrico: 76,0 kg
Sexo: ♂♀
Habilidades: Foco Interno / Telepatía
Debilidades: Siniestro, Bicho

POKÉMON ESPADA:
Cuando agita su abanico hecho de hojas y pelo, puede controlar a otros Pokémon y hacer que cumplan su voluntad.

POKÉMON ESCUDO:
Conoce hasta el último rincón del bosque y, si encuentra un Pokémon herido, va en busca de hierbas medicinales para curarlo.

No evoluciona.

Orbeetle
Pokémon Siete Puntos

TIPO:
Bicho-Psíquico

Pronunciación: or.bí.tel
Altura imperial: 1'4"
Altura métrica: 0,4 m
Peso imperial: 89,9 lbs.
Peso métrico: 40,8 kg
Sexo: ♂ ♀
Habilidades: Enjambre / Cacheo
Debilidades: Fantasma, Fuego, Volador, Siniestro, Roca, Bicho

POKÉMON ESPADA:
Este Pokémon es conocido por su inteligencia. El gran tamaño de su cerebro es un indicio de la magnitud de sus poderes psíquicos.

POKÉMON ESCUDO:
Se sirve de sus poderes psíquicos, con los que es capaz de percibir lo que ocurre en un radio de 10 km, para examinar sus alrededores.

Blipbug   **Dottler**   **Orbeetle**

Orbeetle Gigamax

POKÉMON ESPADA:
Su cerebro se ha agigantado, por lo que ha adquirido una inteligencia abrumadora y una colosal energía psíquica.

POKÉMON ESCUDO:
Si despliega su máximo poder, es capaz de controlar la mente de todos cuantos se hallen a su alrededor.

Altura imperial: 45'11"+
Altura métrica: >14,0 m
Peso imperial: ????,? lbs.
Peso métrico: ????,? kg

Palpitoad
Pokémon Vibrante

TIPO:
Agua-
Tierra

Pronunciación: pál.pi.toud
Altura imperial: 2'7"
Altura métrica: 0,8 m
Peso imperial: 37,5 lbs.
Peso métrico: 17,0 kg
Sexo: ♂♀
Habilidades: Nado Rápido / Hidratación
Debilidades: Planta

POKÉMON ESPADA:

Las ondas sonoras que emite pueden provocar dolor de cabeza. Con ellas debilita a sus presas para luego atraparlas con su lengua viscosa.

POKÉMON ESCUDO:

A veces emiten un bello canto. Cuanto mayores son las protuberancias del cuerpo, más extenso es su registro vocal.

Tympole   Palpitoad   Seismitoad

Pancham
Pokémon Juguetón

TIPO:
Lucha

Pronunciación: pán.cham
Altura imperial: 2'
Altura métrica: 0,6 m
Peso imperial: 17,6 lbs.
Peso métrico: 8,0 kg
Sexo: ♂♀
Habilidades: Puño Férreo / Rompemoldes
Debilidades: Psíquico, Volador, Hada

POKÉMON ESPADA:

Sigue los pasos de Pangoro, a quien considera su mentor. A base de imitarlo, aprende a combatir y a cazar presas.

POKÉMON ESCUDO:

Siempre lanza una mirada fulminante al rival para que no lo menosprecie, pero en cuanto se relaja esboza sin querer una sonrisa.

Pancham   Pangoro

Pangoro
Pokémon Rostro Fiero

Pronunciación: pan.gó.ro
Altura imperial: 6'11"
Altura métrica: 2,1 m
Peso imperial: 299,8 lbs.
Peso métrico: 136,0 kg
Sexo: ♂ ♀
Habilidades: Puño Férreo / Rompemoldes
Debilidades: Volador, Hada, Lucha

POKÉMON ESPADA:
Este Pokémon de carácter agresivo lo soluciona todo a golpes. Desata su espíritu combativo al enfrentarse a los Obstagoon.

POKÉMON ESCUDO:
La hoja que lleva en la boca le permite predecir los movimientos del rival. Puede hacer chatarra a un camión de un solo puñetazo.

Pancham ⇨ Pangoro

TIPO:
Lucha

Passimian
Pokémon Cooperación

Pronunciación: pa.sí.mian
Altura imperial: 6'7"
Altura métrica: 2,0 m
Peso imperial: 182,5 lbs.
Peso métrico: 82,8 kg
Sexo: ♂ ♀
Habilidades: Receptor
Debilidades: Psíquico, Volador, Hada

POKÉMON ESPADA:
Bajo la tutela del líder, hacen gala de una gran capacidad de trabajo en equipo para buscar sus bayas predilectas y ayudarse los unos a los otros.

POKÉMON ESCUDO:
Viven en grupos de unos veinte ejemplares. Cada individuo tiene un rol definido, lo que les permite sobrevivir en entornos hostiles.

No evoluciona.

Pawniard

Pokémon Tajo

Pronunciación: pó.niard
Altura imperial: 1'8"
Altura métrica: 0,5 m
Peso imperial: 22,5 lbs.
Peso métrico: 10,2 kg
Sexo: ♂ ♀
Habilidades: Competitivo / Foco Interno
Debilidades: Lucha, Fuego, Tierra

POKÉMON ESPADA:

Acorrala a los enemigos con las cuchillas de su cuerpo, que afila usando cantos rodados a la orilla del río.

POKÉMON ESCUDO:

Forman grupos encabezados por un Bisharp. Se entrenan a diario soñando con llegar a liderar el grupo algún día.

Pawniard ➡ Bisharp

Pelipper

Pokémon Ave Agua

Pronunciación: pé.li.per
Altura imperial: 3'11"
Altura métrica: 1,2 m
Peso imperial: 61,7 lbs.
Peso métrico: 28,0 kg
Sexo: ♂ ♀
Habilidades: Vista Lince / Llovizna
Debilidades: Eléctrico, Roca

POKÉMON ESPADA:

Transporta a pequeños Pokémon y Huevos en su pico hasta lugares seguros.

POKÉMON ESCUDO:

Vuela a ras de la superficie marina para llenar su inmenso pico de agua y comida, que se lleva consigo.

Wingull ➡ Pelipper

Perrserker

Pokémon Vikingo

Pronunciación: per.sér.ker
Altura imperial: 2'7"
Altura métrica: 0,8 m
Peso imperial: 61,7 lbs.
Peso métrico: 28,0 kg
Sexo: ♂ ♀
Habilidades: Armadura Batalla / Garra Dura
Debilidades: Fuego, Lucha, Tierra

POKÉMON ESPADA:

El pelo de la cabeza se le ha endurecido hasta el punto de parecer un yelmo de hierro. Posee un temperamento muy combativo.

POKÉMON ESCUDO:

Su devoción por la lucha ha propiciado que evolucionara y le ha conferido unas peligrosas garras que se convierten en dagas al extenderse.

**Meowth
Forma de Galar**

Perrserker

Persian

Pokémon Gato Fino

Pronunciación: pér.sian
Altura imperial: 3'3"
Altura métrica: 1,0 m
Peso imperial: 70,5 lbs.
Peso métrico: 32,0 kg
Sexo: ♂♀
Habilidades: Flexibilidad / Experto
Debilidades: Lucha

POKÉMON ESPADA:
Trabar amistad con este Pokémon es una ardua tarea debido a su enorme orgullo. Cuando algo no le place, saca las uñas de inmediato.

POKÉMON ESCUDO:
Hace gala de un porte elegante y majestuoso. No congenia con los toscos Perrserker y ambos se profesan un mutuo desprecio.

Meowth ➡ Persian

Phantump

Pokémon Tocón

Pronunciación: fán.tamp
Altura imperial: 1'4"
Altura métrica: 0,4 m
Peso imperial: 15,4 lbs.
Peso métrico: 7,0 kg
Sexo: ♂♀
Habilidades: Cura Natural / Cacheo
Debilidades: Fantasma, Fuego, Volador, Siniestro, Hielo

POKÉMON ESPADA:
Se dice que en realidad son almas de niños que pasaron a mejor vida tras perderse en el bosque y se convirtieron en Pokémon al habitar un tocón.

POKÉMON ESCUDO:
Imita el llanto de un niño con la intención de que algún adulto se adentre y se pierda en lo más profundo del bosque.

Phantump ➡ Trevenant

Pichu

Pokémon Ratoncito

Pronunciación: pí.chu
Altura imperial: 1'
Altura métrica: 0,3 m
Peso imperial: 4,4 lbs.
Peso métrico: 2,0 kg
Sexo: ♂ ♀
Habilidades: Electricidad Estática
Debilidades: Tierra

POKÉMON ESPADA:
A pesar de su pequeño tamaño, puede soltar descargas capaces de electrocutar a un adulto, si bien él también acaba sobresaltado.

POKÉMON ESCUDO:
Las bolsas de electricidad de sus mejillas son muy pequeñas y, a poco que se desborden, recibe una fuerte descarga.

Pichu   Pikachu   Raichu

Pidove

Pokémon Pichón

TIPO:
Normal-
Volador

Pronunciación: pi.dáf
Altura imperial: 1'
Altura métrica: 0,3 m
Peso imperial: 4,6 lbs.
Peso métrico: 2,1 kg
Sexo: ♂ ♀
Habilidades: Sacapecho / Afortunado
Debilidades: Eléctrico, Hielo, Roca

POKÉMON ESPADA:
Aparece en lugares habitados por humanos. Conviene tener cuidado al darles de comer, ya que esto podría atraer a cientos de ejemplares.

POKÉMON ESCUDO:
Es muy olvidadizo y no demasiado avispado, pero muchos Entrenadores le tienen simpatía por su carácter afable y sincero.

Pidove   Tranquill   Unfezant (macho)
Unfezant (hembra)

Pikachu

Pokémon Ratón

TIPO:
Eléctrico

Pronunciación: pi.ká.chu
Altura imperial: 1'4"
Altura métrica: 0,4 m
Peso imperial: 13,2 lbs.
Peso métrico: 6,0 kg
Sexo: ♂ ♀
Habilidades: Electricidad Estática
Debilidades: Tierra

POKÉMON ESPADA:

Cuanto más potente es la energía eléctrica que genera este Pokémon, más suaves y elásticas se vuelven las bolsas de sus mejillas.

POKÉMON ESCUDO:

Los miembros de esta especie se saludan entre si uniendo sus colas y transmitiéndose corriente eléctrica.

 Pichu Pikachu ➡ Raichu

Pikachu Gigamax

Altura imperial: 68'11"+
Altura métrica: >21,0 m
Peso imperial: ????,? lbs.
Peso métrico: ????,? kg

POKÉMON ESPADA:

La energía del fenómeno Gigamax ha hecho que su cuerpo se expanda y que su cola pueda estirarse hasta alcanzar el cielo.

POKÉMON ESCUDO:

Un golpe con su cola en forma de rayo puede propinar al rival una descarga eléctrica con una intensidad comparable a la de un relámpago.

Piloswine

Pokémon Puerco

TIPO:
Hielo-
Tierra

Pronunciación: pí.lo.suain
Altura imperial: 3'7"
Altura métrica: 1,1 m
Peso imperial: 123 lbs.
Peso métrico: 55,8 kg
Sexo: ♂ ♀
Habilidades: Despiste / Manto Níveo
Debilidades: Lucha, Fuego, Planta, Acero, Agua

POKÉMON ESPADA:
Cuando carga contra un enemigo, se le erizan los pelos del lomo. Es muy sensible al sonido.

POKÉMON ESCUDO:
Aunque tiene las patas cortas, sus fuertes pezuñas le permiten caminar por la nieve sin resbalar.

Swinub ⇨ Piloswine ⇨ Mamoswine

TIPO:
Eléctrico

Pincurchin

Pokémon Erizo de Mar

Pronunciación: pín.kar.chin
Altura imperial: 1'
Altura métrica: 0,3 m
Peso imperial: 2,2 lbs.
Peso métrico: 1,0 kg
Sexo: ♂ ♀
Habilidades: Pararrayos
Debilidades: Tierra

POKÉMON ESPADA:
Libera electricidad por la punta de las púas. Con sus afilados dientes raspa las algas pegadas a las rocas para ingerirlas.

POKÉMON ESCUDO:
Acumula electricidad en cada una de sus púas. Aunque éstas se rompan, son capaces de seguir descargando energía durante 3 h.

No evoluciona.

Polteageist

Pokémon Té

TIPO:
Fantasma

Pronunciación: pól.ti.gaist
Altura imperial: 8"
Altura métrica: 0,2 m
Peso imperial: 0,9 lbs.
Peso métrico: 0,4 kg
Sexo: ♂ ♀
Habilidades: Armadura Frágil
Debilidades: Fantasma, Siniestro

POKÉMON ESPADA:
Se hospeda en teteras dignas de un anticuario. Las originales son escasísimas, pero existe un gran número de burdas falsificaciones.

POKÉMON ESCUDO:
Si avista una taza de té abandonada a su suerte, la rellena vertiendo parte de su propio cuerpo para generar otro Polteageist.

Sinistea ⇨ **Polteageist**

FORMA DE GALAR
Ponyta

Pokémon Unicorne

TIPO:
Psíquico

Pronunciación: po.ní.ta
Altura imperial: 2'7"
Altura métrica: 0,8 m
Peso imperial: 52,9 lbs.
Peso métrico: 24,0 kg
Sexo: ♂ ♀
Habilidades: Fuga / Velo Pastel
Debilidades: Fantasma, Siniestro, Bicho

POKÉMON ESPADA:
Su pequeño cuerno posee poderes curativos capaces de sanar heridas no muy graves con tan sólo un leve roce.

POKÉMON ESCUDO:
Puede leerle la mente a cualquiera con tan sólo mirarle a los ojos. Si detecta algún pensamiento ruin, desaparece instantáneamente.

Ponyta
Forma de Galar ⇨ **Rapidash**
Forma de Galar

Pumpkaboo

Pokémon Calabaza

TIPO: Fantasma-Planta

Pronunciación: pamp.ka.bú
Altura imperial: 1'4"
Altura métrica: 0,4 m
Peso imperial: 11 lbs.
Peso métrico: 5,0 kg
Sexo: ♂♀
Habilidades: Recogida / Cacheo
Debilidades: Fantasma, Fuego, Volador, Siniestro, Hielo

POKÉMON ESPADA:
Las almas errantes de este mundo se introducen en su cuerpo e inician así su viaje al más allá.

POKÉMON ESCUDO:
La luz que emite por los orificios de la calabaza hipnotiza a humanos y Pokémon y los deja bajo su control.

Pumpkaboo **Gourgeist**

Pupitar

Pokémon Caparazón

TIPO: Roca-Tierra

Pronunciación: piú.pi.tar
Altura imperial: 3'11"
Altura métrica: 1,2 m
Peso imperial: 335,1 lbs.
Peso métrico: 152,0 kg
Sexo: ♂♀
Habilidades: Mudar
Debilidades: Planta, Agua, Lucha, Tierra, Hielo, Acero

POKÉMON ESPADA:
Se mueve libremente aun encerrado en la coraza. Su enorme poder destructivo se une a su dureza y rapidez.

POKÉMON ESCUDO:
No se está quieto ni aun siendo una pupa. Sus extremidades ya se han formado bajo su robusta coraza.

Larvitar **Pupitar** **Tyranitar**

Purrloin

Pokémon Malicioso

Pronunciación: púr.loin
Altura imperial: 1'4"
Altura métrica: 0,4 m
Peso imperial: 22,3 lbs.
Peso métrico: 10,1 kg
Sexo: ♂ ♀
Habilidades: Flexibilidad / Liviano
Debilidades: Lucha, Bicho, Hada

POKÉMON ESPADA:
Sustrae las pertenencias de las personas sólo para verlas pasar apuros. Es un rival encarnizado de Nickit.

POKÉMON ESCUDO:
Una vez que ha logrado distraer al rival mediante sus gestos adorables, lo araña de improviso con las garras mientras muestra un semblante risueño.

Purrloin   Liepard

Pyukumuku

Pokémon Pepino Mar

Pronunciación: piu.ku.mú.ku
Altura imperial: 1'
Altura métrica: 0,3 m
Peso imperial: 2,6 lbs.
Peso métrico: 1,2 kg
Sexo: ♂ ♀
Habilidades: Revés
Debilidades: Planta, Eléctrico

POKÉMON ESPADA:
Vive en los cálidos bajíos de las playas. Si se topa con un enemigo, ataca golpeándolo sin cesar con las entrañas que expulsa por la boca.

POKÉMON ESCUDO:
La formidable mucosidad que envuelve su piel lo mantiene hidratado y le permite permanecer en tierra firme varios días sin secarse.

No evoluciona.

Quagsire

Pokémon Pez Agua

Pronunciación: kuág.sair
Altura imperial: 4'7"
Altura métrica: 1,4 m
Peso imperial: 165,3 lbs.
Peso métrico: 75,0 kg
Sexo: ♂ ♀
Habilidades: Humedad / Absorbe Agua
Debilidades: Planta

POKÉMON ESPADA:
Es de naturaleza tranquila. Permanece impasible cuando, al nadar, choca de cabeza contra rocas de rio o el casco de los barcos.

POKÉMON ESCUDO:
Su cuerpo siempre resulta escurridizo al tacto. Suele chocarse contra el lecho del rio al nadar, pero no le importa demasiado.

Wooper ➡ Quagsire

Qwilfish

Pokémon Globo

TIPO:
Agua-
Veneno

Pronunciación: kuíl.fish
Altura imperial: 1'8"
Altura métrica: 0,5 m
Peso imperial: 8,6 lbs.
Peso métrico: 3,9 kg
Sexo: ♂ ♀
Habilidades: Punto Tóxico / Nado Rápido
Debilidades: Eléctrico, Tierra, Psíquico

POKÉMON ESPADA:
Cuando su rival es mayor que él, infla el cuerpo bebiendo agua hasta casi reventar para lograr igualarlo en tamaño.

POKÉMON ESCUDO:
Las pequeñas púas que cubren su cuerpo eran escamas. Inyectan una toxina que hace perder el conocimiento.

No evoluciona.

Raboot
Pokémon Conejo

TIPO:
Fuego

Pronunciación: rrá.but
Altura imperial: 2'
Altura métrica: 0,6 m
Peso imperial: 19,8 lbs.
Peso métrico: 9,0 kg
Sexo: ♂ ♀
Habilidades: Mar Llamas
Debilidades: Agua, Tierra, Roca

POKÉMON ESPADA:
Su suave pelaje lo protege del frío y le permite incrementar todavía más la temperatura de sus movimientos de tipo Fuego.

POKÉMON ESCUDO:
Para mejorar su habilidad con los pies, toma bayas de las ramas de los árboles sin usar las manos y juega a darles toques.

Scorbunny   Raboot   Cinderace

TIPO:
Eléctrico

Raichu
Pokémon Ratón

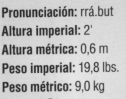

Pronunciación: rrái.chu
Altura imperial: 2'7"
Altura métrica: 0,8 m
Peso imperial: 66,1 lbs.
Peso métrico: 30,0 kg
Sexo: ♂ ♀
Habilidades: Electricidad Estática
Debilidades: Tierra

POKÉMON ESPADA:
Su larga cola le sirve como toma de tierra para protegerse a sí mismo del alto voltaje que genera su cuerpo.

POKÉMON ESCUDO:
Cuando ha descargado las bolsas de las mejillas, levanta la cola y absorbe la carga eléctrica que hay en el ambiente.

Pichu   Pikachu   Raichu

Ralts

Pokémon Sensible

TIPO:
Psíquico-Hada

Pronunciación: rralts
Altura imperial: 1'4"
Altura métrica: 0,4 m
Peso imperial: 14,6 lbs.
Peso métrico: 6,6 kg
Sexo: ♂♀
Habilidades: Sincronía / Rastro
Debilidades: Fantasma, Acero, Veneno

POKÉMON ESPADA:
Capta muy bien lo que sienten las personas y los Pokémon. Cuando nota cierta hostilidad, se esconde.

POKÉMON ESCUDO:
Si sus cuernos perciben emociones positivas de personas o Pokémon, su cuerpo se calienta un poco.

Ralts   Kirlia   Gardevoir   Gallade

FORMA DE GALAR

Rapidash

Pokémon Unicorne

TIPO:
Psíquico-Hada

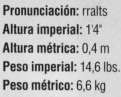

Pronunciación: rrá.pi.dash
Altura imperial: 5'7"
Altura métrica: 1,7 m
Peso imperial: 176,4 lbs.
Peso métrico: 80,0 kg
Sexo: ♂♀
Habilidades: Fuga / Velo Pastel
Debilidades: Fantasma, Acero, Veneno

POKÉMON ESPADA:
El movimiento Psicocorte que realiza con su cuerno posee tal poder destructivo que hasta puede atravesar gruesas placas de metal.

POKÉMON ESCUDO:
Es un Pokémon orgulloso y gallardo. Atraviesa bosques sin esfuerzo concentrando sus poderes psíquicos en el pelaje de las patas.

Ponyta
Forma de Galar

Rapidash
Forma de Galar

Remoraid

Pokémon Reactor

TIPO:
Agua

Pronunciación: rré.mo.raid
Altura imperial: 2'
Altura métrica: 0,6 m
Peso imperial: 26,5 lbs.
Peso métrico: 12,0 kg
Sexo: ♂♀
Habilidades: Entusiasmo / Francotirador
Debilidades: Eléctrico, Planta

POKÉMON ESPADA:
Los chorros de agua que escupe pueden alcanzar a presas en movimiento a una distancia de hasta 100 m.

POKÉMON ESCUDO:
Usa su aleta dorsal a modo de ventosa para aferrarse a un Mantine en busca de restos de comida.

Remoraid   **Octillery**

Reuniclus

Pokémon Ampliación

TIPO:
Psíquico

Pronunciación: rre.u.ní.klus
Altura imperial: 3'3"
Altura métrica: 1,0 m
Peso imperial: 44,3 lbs.
Peso métrico: 20,1 kg
Sexo: ♂♀
Habilidades: Funda / Muro Mágico
Debilidades: Bicho, Fantasma, Siniestro

POKÉMON ESPADA:
Prefiere derribar a los rivales haciendo girar sus fuertes brazos antes que valerse de sus poderes extrasensoriales.

POKÉMON ESCUDO:
Al parecer, beber su líquido especial otorga un intelecto sin par, pero resulta muy venenoso, excepto para los propios Reuniclus.

Solosis   **Duosion**   **Reuniclus**

Rhydon

Pokémon Taladro

Pronunciación: rrái.don
Altura imperial: 6'3"
Altura métrica: 1,9 m
Peso imperial: 264,6 lbs.
Peso métrico: 120,0 kg
Sexo: ♂ ♀
Habilidades: Pararrayos / Cabeza Roca
Debilidades: Planta, Agua, Lucha, Tierra, Hielo, Acero

POKÉMON ESPADA:
Cuando evoluciona, comienza a andar con las patas traseras. Es capaz de horadar rocas con el cuerno que tiene.

POKÉMON ESCUDO:
La piel le sirve de escudo protector. Puede vivir en lava líquida a 2000 °C.

Rhyhorn → Rhydon → Rhyperior

Rhyhorn

Pokémon Clavos

Pronunciación: rrái.jorn
Altura imperial: 3'3"
Altura métrica: 1,0 m
Peso imperial: 253,5 lbs.
Peso métrico: 115,0 kg
Sexo: ♂ ♀
Habilidades: Pararrayos / Cabeza Roca
Debilidades: Planta, Agua, Lucha, Tierra, Hielo, Acero

POKÉMON ESPADA:
Su inteligencia es limitada, aunque posee una fuerza tan considerable que le permite incluso derribar rascacielos con sólo embestirlos.

POKÉMON ESCUDO:
La cabeza no le da para retener más de una cosa. Si se pone a correr, se le olvida al instante por qué empezó a hacerlo.

Rhyhorn → Rhydon → Rhyperior

Rhyperior
Pokémon Taladro

Pronunciación: rrai.pé.rior
Altura imperial: 7'10"
Altura métrica: 2,4 m
Peso imperial: 623,5 lbs.
Peso métrico: 282,8 kg
Sexo: ♂ ♀
Habilidades: Pararrayos / Roca Sólida
Debilidades: Planta, Agua, Lucha, Tierra, Hielo, Acero

POKÉMON ESPADA:
Introduce rocas o Roggenrola en las cavidades de las manos y los dispara con fuerza. Es capaz de cargar hasta tres proyectiles en cada brazo.

POKÉMON ESCUDO:
Repele los ataques usando un Protector y aprovecha el momento en que el rival baja la guardia para perforarlo con su taladro.

Rhyhorn → Rhydon → Rhyperior

Ribombee
Pokémon Mosca Abeja

TIPO:
Bicho-Hada

Pronunciación: rí.bom.bi
Altura imperial: 8"
Altura métrica: 0,2 m
Peso imperial: 1,1 lbs.
Peso métrico: 0,5 kg
Sexo: ♂ ♀
Habilidades: Recogemiel / Polvo Escudo
Debilidades: Fuego, Acero, Volador, Veneno, Roca

POKÉMON ESPADA:
Mezcla polen y néctar para elaborar unas bolas cuyo efecto varía en función de los ingredientes usados y de sus proporciones.

POKÉMON ESCUDO:
Detesta verse empapado por la lluvia, por lo que rara vez se deja ver en la nubosa región de Galar.

Cutiefly → Ribombee

Rillaboom

Pokémon Percusión

Pronunciación: rrí.la.bum
Altura imperial: 6'11"
Altura métrica: 2,1 m
Peso imperial: 198,4 lbs.
Peso métrico: 90,0 kg
Sexo: ♂ ♀
Habilidades: Espesura
Debilidades: Fuego, Volador, Hielo,
Veneno, Bicho

POKÉMON ESPADA:

Controla los poderes y las raíces de su singular tocón en combate golpeándolo como si fuera un tambor.

POKÉMON ESCUDO:

El percusionista con la técnica más depurada se convierte en líder. Son de carácter tranquilo y dan mucha importancia a la armonía del grupo.

Grookey ⇨ Thwackey ⇨ Rillaboom

Riolu

Pokémon Emanación

TIPO: Lucha

Pronunciación: rrió.lu
Altura imperial: 2'4"
Altura métrica: 0,7 m
Peso imperial: 44,5 lbs.
Peso métrico: 20,2 kg
Sexo: ♂ ♀
Habilidades: Impasible / Foco Interno
Debilidades: Volador, Psíquico, Hada

POKÉMON ESPADA:

Su gran resistencia le permite correr durante toda una noche sin problema, pero tanta energía hace que sea sumamente complicado seguirle el ritmo.

POKÉMON ESCUDO:

Percibe los sentimientos de quienes lo rodean, así como las condiciones del entorno, mediante unas ondas conocidas como auras.

Riolu ⇨ Lucario

Roggenrola

Pokémon Manto

TIPO: Roca

Pronunciación: rro.gen.rró.la
Altura imperial: 1'4"
Altura métrica: 0,4 m
Peso imperial: 39,7 lbs.
Peso métrico: 18,0 kg
Sexo: ♂ ♀
Habilidades: Robustez / Armadura Frágil
Debilidades: Agua, Planta, Lucha, Tierra, Acero

POKÉMON ESPADA:
Su cuerpo es casi tan duro como el acero, pero al parecer puede reblandecerse levemente si permanece sumergido en agua mucho tiempo.

POKÉMON ESCUDO:
Se dirige hacia cualquier sonido que perciba. Es ligeramente cálido al tacto, debido al efecto de su núcleo energético.

Roggenrola   Boldore   Gigalith

Rolycoly

Pokémon Carbón

TIPO: Roca

Pronunciación: rro.li.kó.li
Altura imperial: 1'
Altura métrica: 0,3 m
Peso imperial: 26,5 lbs.
Peso métrico: 12,0 kg
Sexo: ♂ ♀
Habilidades: Combustible / Ignífugo
Debilidades: Agua, Acero, Planta, Lucha, Tierra

POKÉMON ESPADA:
Fue descubierto hace aproximadamente 400 años en una mina. Casi la totalidad de su cuerpo presenta una composición igual a la del carbón.

POKÉMON ESCUDO:
Recorre incluso los caminos más impráctico y pedregosos como si de un monociclo se tratase. La combustión de carbón es su fuente vital.

Rolycoly   Carkol   Coalossal

Rookidee
Pokémon Pajarito

Pronunciación: rrú.ki.di
Altura imperial: 8"
Altura métrica: 0,2 m
Peso imperial: 4 lbs.
Peso métrico: 1,8 kg
Sexo: ♂ ♀
Habilidades: Vista Lince / Nerviosismo
Debilidades: Eléctrico, Hielo, Roca

POKÉMON ESPADA:

De naturaleza valiente, planta cara a cualquier rival, por muy fuerte que sea. Los contraataques que recibe le sirven para fortalecerse.

POKÉMON ESCUDO:

Su pequeño cuerpo le permite volar a gran velocidad para golpear los puntos débiles de rivales mucho más grandes que él.

Rookidee Corvisquire Corviknight

Roselia

Pokémon Espina

TIPO: Planta-Veneno

Pronunciación: rro.sé.lia
Altura imperial: 1'
Altura métrica: 0,3 m
Peso imperial: 4,4 lbs.
Peso métrico: 2,0 kg
Sexo: ♂ ♀
Habilidades: Cura Natural / Punto Tóxico
Debilidades: Fuego, Volador, Hielo, Psíquico

POKÉMON ESPADA:
Las flores que tiene emanan un aroma relajante. Cuanto más intenso, mejor es su estado de salud.

POKÉMON ESCUDO:
Ataca con sus manos, cada una de las cuales contiene un tipo de veneno diferente. Cuanto más intenso es su aroma, mejor salud tiene.

Budew → Roselia → Roserade

Roserade

Pokémon Ramillete

TIPO: Planta-Veneno

Pronunciación: rró.se.reid
Altura imperial: 2'11"
Altura métrica: 0,9 m
Peso imperial: 32 lbs.
Peso métrico: 14,5 kg
Sexo: ♂ ♀
Habilidades: Cura Natural / Punto Tóxico
Debilidades: Fuego, Volador, Hielo, Psíquico

POKÉMON ESPADA:
Aturde a los rivales con la fragancia de sus flores para luego azotarlos sin piedad con sus cepas espinosas.

POKÉMON ESCUDO:
Las toxinas de la mano derecha son de efecto inmediato, y las de la izquierda, retardado. No obstante, ambas pueden ser letales.

Budew → Roselia → Roserade

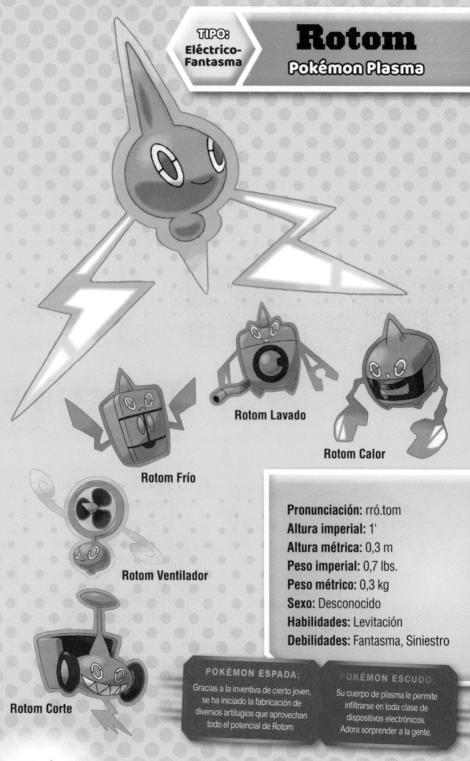

Rotom

Pokémon Plasma

Rotom Lavado

Rotom Calor

Rotom Frío

Rotom Ventilador

Rotom Corte

Pronunciación: rró.tom
Altura imperial: 1'
Altura métrica: 0,3 m
Peso imperial: 0,7 lbs.
Peso métrico: 0,3 kg
Sexo: Desconocido
Habilidades: Levitación
Debilidades: Fantasma, Siniestro

POKÉMON ESPADA:
Gracias a la inventiva de cierto joven, se ha iniciado la fabricación de diversos artilugios que aprovechan todo el potencial de Rotom.

POKÉMON ESCUDO:
Su cuerpo de plasma le permite infiltrarse en toda clase de dispositivos electrónicos. Adora sorprender a la gente.

No evoluciona.

Rufflet

Pokémon Aguilucho

TIPO:
Normal-Volador

Pronunciación: rráf.let
Altura imperial: 1'8"
Altura métrica: 0,5 m
Peso imperial: 23,1 lbs.
Peso métrico: 10,5 kg
Sexo: ♂
Habilidades: Vista Lince / Potencia Bruta
Debilidades: Eléctrico, Hielo, Roca

POKÉMON ESPADA:
Cuando ve a un Pokémon de aspecto fuerte, no puede resistirse a desafiarlo en combate. Si pierde, llora y se lamenta a pleno pulmón.

POKÉMON ESCUDO:
Es capaz de partir hasta la baya más dura gracias a la fuerza de sus extremidades. Belicoso por naturaleza, planta cara a cualquiera.

Rufflet   Braviary

Runerigus

Pokémon Resquemor

**TIPO:
Tierra-Fantasma**

Pronunciación: rru.ne.rí.gus
Altura imperial: 5'3"
Altura métrica: 1,6 m
Peso imperial: 146,8 lbs.
Peso métrico: 66,6 kg
Sexo: ♂ ♀
Habilidades: Alma Errante
Debilidades: Agua, Fantasma, Planta, Siniestro, Hielo

POKÉMON ESPADA:
Una poderosa maldición pesa sobre esta antigua imagen grabada, que ha cobrado vida tras adueñarse del alma de Yamask.

POKÉMON ESCUDO:
Su cuerpo, similar a una sombra, no debe tocarse bajo ningún concepto o se visualizarán los horribles recuerdos impregnados en la imagen.

Yamask
Forma de Galar   Runerigus

Sableye
Pokémon Oscuridad

TIPO:
Siniestro-Fantasma

Pronunciación: séi.be.lai
Altura imperial: 1'8"
Altura métrica: 0,5 m
Peso imperial: 24,3 lbs.
Peso métrico: 11,0 kg
Sexo: ♂ ♀
Habilidades: Vista Lince / Rezagado
Debilidades: Hada

POKÉMON ESPADA:
Se dice que, cuando las gemas de los ojos de estos Pokémon tan temidos brillan de manera siniestra, están robándole el alma a alguien.

POKÉMON ESCUDO:
Se alimenta de gemas. En la oscuridad, los ojos le brillan con el destello de las piedras preciosas.

No evoluciona.

TIPO:
Veneno-Fuego

Salandit
Pokémon Lagartoxina

Pronunciación: sa.lán.dit
Altura imperial: 2'
Altura métrica: 0,6 m
Peso imperial: 10,6 lbs.
Peso métrico: 4,8 kg
Sexo: ♂ ♀
Habilidades: Corrosión
Debilidades: Agua, Psíquico, Tierra, Roca

POKÉMON ESPADA:
Produce un gas venenoso al quemar con las llamas de la cola el líquido secretado en sus bolsas de veneno.

POKÉMON ESCUDO:
Se aproxima a su presa por la espalda y, antes de que pueda advertirlo, la inmoviliza con un gas venenoso.

Salandit Salazzle

Salazzle

Pokémon Lagartoxina

TIPO:
Veneno-Fuego

Pronunciación: sa.lá.zel
Altura imperial: 3'11"
Altura métrica: 1,2 m
Peso imperial: 48,9 lbs.
Peso métrico: 22,2 kg
Sexo: ♀
Habilidades: Corrosión
Debilidades: Agua, Psíquico, Tierra, Roca

POKÉMON ESPADA:

Sólo hay hembras. Gracias a sus feromonas, atrae a los Salandit macho y los somete a su voluntad.

POKÉMON ESCUDO:

Libran disputas con sus congéneres cuyo resultado, al parecer, se inclina por quien tenga un séquito de Salandit machos más numeroso.

Salandit → Salazzle

Sandaconda

Pokémon Serp. Arena

TIPO:
Tierra

Pronunciación: san.da.kón.da
Altura imperial: 12'6"
Altura métrica: 3,8 m
Peso imperial: 144,4 lbs.
Peso métrico: 65,5 kg
Sexo: ♂ ♀
Habilidades: Expulsarena / Mudar
Debilidades: Agua, Planta, Hielo

POKÉMON ESPADA:
Se retuerce para expulsar por los orificios nasales hasta 100 kg de arena. La ausencia de ésta mina su ánimo.

POKÉMON ESCUDO:
La manera tan particular que tiene de enrollarse sobre sí mismo le permite expulsar con mayor eficacia la arena que almacena en la bolsa.

Silicobra → Sandaconda

Sandaconda Gigamax

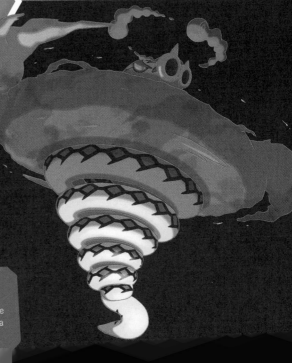

Altura imperial: 72'2"+
Altura métrica: >22,0 m
Peso imperial: ????,? lbs.
Peso métrico: ????,? kg

POKÉMON ESPADA:
Su bolsa de arena también se ha agigantado. El torbellino arenoso que lo rodea supera el millón de toneladas.

POKÉMON ESCUDO:
La arena que gira vertiginosamente en torno a su cuerpo posee suficiente capacidad destructiva para reducir a escombros un rascacielos.

Sawk
Pokémon Karate

TIPO:
Lucha

Pronunciación: sok
Altura imperial: 4'7"
Altura métrica: 1,4 m
Peso imperial: 112,4 lbs.
Peso métrico: 51,0 kg
Sexo: ♂
Habilidades: Robustez / Foco Interno
Debilidades: Volador, Psíquico, Hada

POKÉMON ESPADA:
Viven obsesionados con hacerse más fuertes. Si se los encuentra entrenando en la montaña, lo más recomendable es alejarse en silencio.

POKÉMON ESCUDO:
Cuando un Sawk ha entrenado duro, es capaz de separar las aguas del océano con la potencia de sus técnicas de karate.

No evoluciona.

Scorbunny
Pokémon Conejo

TIPO:
Fuego

Pronunciación: skór.ba.ni
Altura imperial: 1'
Altura métrica: 0,3 m
Peso imperial: 9,9 lbs.
Peso métrico: 4,5 kg
Sexo: ♂ ♀
Habilidades: Mar Llamas
Debilidades: Agua, Tierra, Roca

POKÉMON ESPADA:
Se pone a correr para elevar su temperatura corporal y propagar la energía ígnea por todo el cuerpo. Desata así su verdadera fuerza.

POKÉMON ESCUDO:
Cuando se prepara para combatir, irradia calor por la punta de la nariz y el pelo que le recubre las patas.

Scorbunny → Raboot → Cinderace

Scrafty
Pokémon Gamberro

Pronunciación: skráf.ti
Altura imperial: 3'7"
Altura métrica: 1,1 m
Peso imperial: 66,1 lbs.
Peso métrico: 30,0 kg
Sexo: ♂♀
Habilidades: Mudar / Autoestima
Debilidades: Lucha, Volador, Hada

POKÉMON ESPADA:
Las patadas que propina con aparente desgana poseen una fuerza capaz de destrozar incluso los pilares de hormigón que llevan los Conkeldurr.

POKÉMON ESCUDO:
A pesar de su carácter agresivo, se muestra muy protector con sus allegados y su territorio.

Scraggy   Scrafty

Scraggy
Pokémon Mudapiel

TIPO:
Siniestro-Lucha

Pronunciación: skrá.gi
Altura imperial: 2'
Altura métrica: 0,6 m
Peso imperial: 26 lbs.
Peso métrico: 11,8 kg
Sexo: ♂♀
Habilidades: Mudar / Autoestima
Debilidades: Lucha, Volador, Hada

POKÉMON ESPADA:
No tiene reparos en liarse a cabezazos con quien se le ponga por delante, por lo que es peligroso cruzar la mirada con él.

POKÉMON ESCUDO:
Su robusta piel le sirve de protección. Cuando ya no puede estirarse más, es señal de que va a evolucionar pronto.

Scraggy   Scrafty

Seaking

Pokémon Pez Color

TIPO:
Agua

Pronunciación: síi.king
Altura imperial: 4'3"
Altura métrica: 1,3 m
Peso imperial: 86 lbs.
Peso métrico: 39,0 kg
Sexo: ♂ ♀
Habilidades: Nado Rápido / Velo Agua
Debilidades: Eléctrico, Planta

POKÉMON ESPADA:
En otoño gana algo de peso para atraer a posibles parejas y se cubre de llamativos colores.

POKÉMON ESCUDO:
Perfora las piedras del lecho del río con su cuerno para hacer un nido y que la corriente no arrastre sus huevos.

Goldeen   **Seaking**

TIPO:
Planta

Seedot

Pokémon Bellota

Pronunciación: sí.dot
Altura imperial: 1'8"
Altura métrica: 0,5 m
Peso imperial: 8,8 lbs.
Peso métrico: 4,0 kg
Sexo: ♂ ♀
Habilidades: Clorofila / Madrugar
Debilidades: Bicho, Fuego, Volador, Hielo, Veneno

POKÉMON ESPADA:
Cuando se queda inmóvil, parece una bellota de verdad. Le encanta sorprender a los Pokémon que se acercan a picotearlo.

POKÉMON ESCUDO:
Se cuelga de las ramas con el extremo de la cabeza. A veces se cae cuando soplan vientos fuertes.

Seedot   **Nuzleaf**   **Shiftry**

Seismitoad
Pokémon Vibrante

TIPO:
Agua-
Tierra

Pronunciación: sís.mi.toud
Altura imperial: 4'11"
Altura métrica: 1,5 m
Peso imperial: 136,7 lbs.
Peso métrico: 62,0 kg
Sexo: ♂ ♀
Habilidades: Nado Rápido / Toque Tóxico
Debilidades: Planta

POKÉMON ESPADA:
Cuando hace vibrar los bultos de su cuerpo, provoca sacudidas que parecen terremotos. Está emparentado con los Croagunk.

POKÉMON ESCUDO:
Las vibraciones de sus bultos resultan perfectas para dar masajes, lo que lo ha hecho muy popular entre gente de la tercera edad.

Tympole ⇨ **Palpitoad** ⇨ **Seismitoad**

Shedinja
Pokémon Muda

TIPO:
Bicho-
Fantasma

Pronunciación: she.dín.ya
Altura imperial: 2'7"
Altura métrica: 0,8 m
Peso imperial: 2,6 lbs.
Peso métrico: 1,2 kg
Sexo: Desconocido
Habilidades: Superguarda
Debilidades: Siniestro, Fuego, Volador, Fantasma, Roca

POKÉMON ESPADA:
Es un Pokémon muy peculiar; aparece de repente en una Poké Ball cuando Nincada evoluciona.

POKÉMON ESCUDO:
Es un Pokémon muy peculiar: revolotea sin batir las alas, no respira y su cuerpo está hueco por dentro.

Ninjask

Nincada

Shedinja

Shellder

Pokémon Bivalvo

TIPO:
Agua

Pronunciación: shél.der
Altura imperial: 1'
Altura métrica: 0,3 m
Peso imperial: 8,8 lbs.
Peso métrico: 4,0 kg
Sexo: ♂♀
Habilidades: Caparazón / Encadenado
Debilidades: Eléctrico, Planta

POKÉMON ESPADA:
Nada hacia atrás abriendo
y cerrando su concha.
Es sorprendentemente rápido.

POKÉMON ESCUDO:
La concha lo protege de cualquier
tipo de ataque. Sólo es vulnerable
cuando se abre.

Shellder → Cloyster

Shellos

TIPO:
Agua

Pokémon Babosa Marina

Mar Este

Mar Oeste

Pronunciación: shé.los
Altura imperial: 1'
Altura métrica: 0,3 m
Peso imperial: 13,9 lbs.
Peso métrico: 6,3 kg
Sexo: ♂♀
Habilidades: Viscosidad / Colector
Debilidades: Planta, Eléctrico

POKÉMON ESPADA:
Se dice que su aspecto cambia
según el tipo de alimentación,
aunque la veracidad de esta teoría
aún está por comprobarse.

POKÉMON ESCUDO:
Su aspecto cambia en función
de su entorno. En teoría, esta es
la forma que adopta cuando habita
en mares de aguas heladas.

Shellos → Gastrodon

Shelmet

Pokémon Caracol

Pronunciación: shél.met
Altura imperial: 1'4"
Altura métrica: 0,4 m
Peso imperial: 17 lbs.
Peso métrico: 7,7 kg
Sexo: ♂ ♀
Habilidades: Hidratación / Caparazón
Debilidades: Fuego, Volador, Roca

POKÉMON ESPADA:
Cierra a cal y canto la visera de su caparazón al ser atacado. Sólo los Karrablast pueden abrirla.

POKÉMON ESCUDO:
Debido a su peculiar constitución, reacciona ante la energía eléctrica. Por alguna misteriosa razón, evoluciona en presencia de Karrablast.

Shelmet → Accelgor

Shiftry

Pokémon Malvado

TIPO: Planta-Siniestro

Pronunciación: shíf.tri
Altura imperial: 4'3"
Altura métrica: 1,3 m
Peso imperial: 131,4 lbs.
Peso métrico: 59,6 kg
Sexo: ♂ ♀
Habilidades: Clorofila / Madrugar
Debilidades: Bicho, Fuego, Lucha, Volador, Hielo, Veneno, Hada

POKÉMON ESPADA:
Infundía temor por su condición de guardián de los bosques. Es capaz de leer los pensamientos del rival y actuar en consecuencia.

POKÉMON ESCUDO:
Vive sigiloso en lo más profundo del bosque. Se dice que con sus abanicos puede generar vientos gélidos.

Seedot → Nuzleaf → Shiftry

Shiinotic

Pokémon Luminiscente

TIPO: Planta-Hada

Pronunciación: shi.nó.tik
Altura imperial: 3'3"
Altura métrica: 1,0 m
Peso imperial: 25,4 lbs.
Peso métrico: 11,5 kg
Sexo: ♂ ♀
Habilidades: Iluminación / Efecto Espora
Debilidades: Acero, Fuego, Volador, Hielo, Veneno

POKÉMON ESPADA:
Atrae y duerme a su presa con la luz parpadeante de sus esporas y luego le absorbe la energía vital con la punta de los dedos.

POKÉMON ESCUDO:
Conviene no acercarse si se avistan luces en la espesura del bosque en plena noche, ya que podrían ser las esporas soporíferas de Shiinotic.

 ⇨

Morelull ⇨ Shiinotic

TIPO: Bicho-Roca

Shuckle

Pokémon Moho

Pronunciación: shá.kel
Altura imperial: 2'
Altura métrica: 0,6 m
Peso imperial: 45,2 lbs.
Peso métrico: 20,5 kg
Sexo: ♂ ♀
Habilidades: Robustez / Gula
Debilidades: Roca, Acero, Agua

POKÉMON ESPADA:
Almacena bayas dentro de su concha. Para evitar ataques, se esconde inmóvil bajo las rocas.

POKÉMON ESCUDO:
Las bayas que almacena en su caparazón con forma de vasija se convierten al final en un espeso zumo.

No evoluciona.

Sigilyph
Pokémon Pseudopájaro

TIPO:
Psíquico-
Volador

Pronunciación: sí.yi.lif
Altura imperial: 4'7"
Altura métrica: 1,4 m
Peso imperial: 30,9 lbs.
Peso métrico: 14,0 kg
Sexo: ♂ ♀
Habilidades: Piel Milagro / Muro Mágico
Debilidades: Eléctrico, Hielo, Roca, Fantasma, Siniestro

POKÉMON ESPADA:
Vuela gracias a sus poderes psíquicos. Dicen que había sido la deidad protectora de una antigua ciudad, si bien otros creen que era su mensajero.

POKÉMON ESCUDO:
Explorando la zona desértica que sobrevuela, se han descubierto los vestigios de lo que parece ser una antigua ciudad.

No evoluciona.

TIPO:
Tierra

Silicobra
Pokémon Serp. Arena

Pronunciación: si.li.kó.bra
Altura imperial: 7'3"
Altura métrica: 2,2 m
Peso imperial: 16,8 lbs.
Peso métrico: 7,6 kg
Sexo: ♂ ♀
Habilidades: Expulsarena / Mudar
Debilidades: Agua, Planta, Hielo

POKÉMON ESPADA:
Almacena la arena que ingiere al perforar hoyos en la saca del cuello, cuya capacidad llega a alcanzar incluso los 8 kg.

POKÉMON ESCUDO:
Expulsa arena por los orificios nasales. Una vez que aturde al enemigo, aprovecha la ocasión para ocultarse bajo tierra.

Silicobra   Sandaconda

Silvally
Pokémon Multigénico

TIPO:
Normal

Pronunciación: sil.vá.li
Altura imperial: 7'7"
Altura métrica: 2,3 m
Peso imperial: 221,6 lbs.
Peso métrico: 100,5 kg
Sexo: Desconocido
Habilidades: Sistema Alfa
Debilidades: Lucha

POKÉMON ESPADA:
Gracias a los fuertes vínculos que lo unen a su Entrenador, ha despertado todo su potencial. Es capaz de cambiar de tipo a voluntad.

POKÉMON ESCUDO:
El factor decisivo que le ha permitido liberar toda su fuerza ha sido el estrecho vínculo y la confianza que profesa a su Entrenador.

Código Cero ➡ Silvally

Sinistea

Pokémon Té

Pronunciación: sí.nis.ti
Altura imperial: 4"
Altura métrica: 0,1 m
Peso imperial: 0,4 lbs.
Peso métrico: 0,2 kg
Sexo: ♂ ♀
Habilidades: Armadura Frágil
Debilidades: Fantasma, Siniestro

POKÉMON ESPADA:
Según se dice, este Pokémon surgió de un alma solitaria que poseyó una taza abandonada llena de un té ya frio.

POKÉMON ESCUDO:
La taza de té donde se hospeda forma parte de una antigua y valiosa vajilla, de la que circulan numerosas falsificaciones.

Sinistea ⇒ Polteageist

Sirfetch'd

Pokémon Pato Salvaje

Pronunciación: sír.fetch
Altura imperial: 2'7"
Altura métrica: 0,8 m
Peso imperial: 257,9 lbs.
Peso métrico: 117,0 kg
Sexo: ♂ ♀
Habilidades: Impasible
Debilidades: Psíquico, Volador, Hada

POKÉMON ESPADA:
Los ejemplares que superan numerosos combates evolucionan y adoptan esta forma. Abandonan el terreno de combate en cuanto el puerro se seca.

POKÉMON ESCUDO:
Repele ataques con las hojas de su duro puerro y contraataca con su tallo afilado. El puerro que le sirve de armamento sigue siendo comestible.

Farfetch'd
Forma de Galar ⇒ Sirfetch'd

Sizzlipede

Pokémon Radiador

TIPO: Fuego-Bicho

Pronunciación: sís.li.pid
Altura imperial: 2'4"
Altura métrica: 0,7 m
Peso imperial: 2,2 lbs.
Peso métrico: 1,0 kg
Sexo: ♂♀
Habilidades: Absorbe Fuego / Humo Blanco
Debilidades: Agua, Volador, Roca

POKÉMON ESPADA:
Genera calor consumiendo el gas inflamable que almacena en su cuerpo. Los círculos amarillos del abdomen están particularmente calientes.

POKÉMON ESCUDO:
Oprime a sus presas con su cuerpo candente. Una vez bien tostadas, las devora con fruición.

Sizzlipede ⇒ Centiskorch

Skorupi

Pokémon Escorpión

TIPO: Veneno-Bicho

Pronunciación: sko.rú.pi
Altura imperial: 2'7"
Altura métrica: 0,8 m
Peso imperial: 26,5 lbs.
Peso métrico: 12,0 kg
Sexo: ♂♀
Habilidades: Armadura Batalla / Francotirador
Debilidades: Fuego, Volador, Psíquico, Roca

POKÉMON ESPADA:
Se entierra en la arena y aguarda inmóvil a sus presas. Sus antepasados están relacionados con los de Sizzlipede.

POKÉMON ESCUDO:
Ataca con las pinzas venenosas de la cola. Tras clavarlas, inyecta una toxina que inmoviliza a la presa.

Skorupi ⇒ Drapion

Skuntank

Pokémon Mofeta

TIPO: Veneno-Siniestro

Pronunciación: skán.tank
Altura imperial: 3'3"
Altura métrica: 1,0 m
Peso imperial: 83,8 lbs.
Peso métrico: 38,0 kg
Sexo: ♂♀
Habilidades: Hedor / Detonación
Debilidades: Tierra

POKÉMON ESPADA:
Ataca expulsando por la cola un fluido apestoso que almacena en el vientre y cuyo hedor es distinto en función de su dieta.

POKÉMON ESCUDO:
El fluido que expulsa por la punta de la cola emana una hediondez insoportable. Construye sus madrigueras cavando hoyos en la tierra.

Stunky **Skuntank**

Skwovet

Pokémon Abazón

TIPO: Normal

Pronunciación: skuó.bet
Altura imperial: 1'
Altura métrica: 0,3 m
Peso imperial: 5,5 lbs.
Peso métrico: 2,5 kg
Sexo: ♂♀
Habilidades: Carrillo
Debilidades: Lucha

POKÉMON ESPADA:
Este Pokémon se encuentra por todo Galar. No se queda tranquilo hasta que tiene ambos carrillos atiborrados de bayas.

POKÉMON ESCUDO:
Siempre están comiendo bayas, por lo que son más robustos de lo que aparentan. Frecuentan los huertos en busca de su preciado manjar.

Skwovet **Greedent**

Sliggoo

Pokémon Molusco

Pronunciación: slí.gu
Altura imperial: 2'7"
Altura métrica: 0,8 m
Peso imperial: 38,6 lbs.
Peso métrico: 17,5 kg
Sexo: ♂♀
Habilidades: Herbívoro / Hidratación
Debilidades: Hada, Hielo, Dragón

POKÉMON ESPADA:

Segrega una mucosidad que corroe todo lo que toca. Esto le ha permitido protegerse y evitar la extinción a pesar de su debilidad intrínseca.

POKÉMON ESCUDO:

La protuberancia del lomo contiene su pequeño cerebro, que sólo piensa en buscar comida y huir de los enemigos.

 Goomy Sliggoo Goodra

Slurpuff

Pokémon Nata

TIPO: Hada

Pronunciación: slúr.paf
Altura imperial: 2'7"
Altura métrica: 0,8 m
Peso imperial: 11 lbs.
Peso métrico: 5,0 kg
Sexo: ♂♀
Habilidades: Velo Dulce
Debilidades: Acero, Veneno

POKÉMON ESPADA:

Puede percibir el estado físico y mental de alguien sólo con olerlo, lo que podría tener aplicaciones útiles en el campo de la medicina.

POKÉMON ESCUDO:

La gran cantidad de aire acumulada en su pelaje le confiere un tacto aterciopelado y un peso muy inferior al que aparenta.

 Swirlix Slurpuff

Sneasel

Pokémon Garra Filo

Pronunciación: sní.sel
Altura imperial: 2'11"
Altura métrica: 0,9 m
Peso imperial: 61,7 lbs.
Peso métrico: 28,0 kg
Sexo: ♂ ♀
Habilidades: Foco Interno / Vista Lince
Debilidades: Lucha, Bicho, Fuego, Roca, Acero, Hada

POKÉMON ESPADA:
Sus patas ocultan garras sumamente afiladas, que extiende de repente para intimidar al enemigo en caso de amenaza.

POKÉMON ESCUDO:
Es un Pokémon de naturaleza astuta y fiera. Se cuela en los nidos de otros Pokémon cuando no están y roba sus huevos.

Sneasel ➡ **Weavile**

Snom

Pokémon Gusano

**TIPO:
Hielo-Bicho**

Pronunciación: snóm
Altura imperial: 1'
Altura métrica: 0,3 m
Peso imperial: 8,4 lbs.
Peso métrico: 3,8 kg
Sexo: ♂ ♀
Habilidades: Polvo Escudo
Debilidades: Fuego, Acero, Volador, Roca

POKÉMON ESPADA:
Teje un hilo gélido que le permite aferrarse a las ramas y simula ser un carámbano mientras duerme.

POKÉMON ESCUDO:
Se nutre de la nieve acumulada en el terreno. Cuanta más ingiere, más imponentes se vuelven las púas que presenta en el lomo.

 ➡

Snom **Frosmoth**

Snorlax

Pokémon Dormir

TIPO:
Normal

Pronunciación: snór.laks
Altura imperial: 6'11"
Altura métrica: 2,1 m
Peso imperial: 1014,1 lbs.
Peso métrico: 460,0 kg
Sexo: ♂ ♀
Habilidades: Inmunidad / Sebo
Debilidades: Lucha

POKÉMON ESPADA:

No se encuentra satisfecho hasta haber ingerido 400 kg de comida cada día. Cuando acaba de comer, se queda dormido.

POKÉMON ESCUDO:

Este Pokémon tiene un estómago a prueba de bomba, por lo que es capaz de ingerir incluso comida podrida o mohosa.

Munchlax Snorlax

Snorlax Gigamax

Altura imperial: 114'10"+
Altura métrica: >35,0 m
Peso imperial: ?????,? lbs.
Peso métrico: ???,? kg

POKÉMON ESPADA:

La energía del fenómeno Gigamax ha hecho que las semillas y los guijarros enredados en los pelos de su panza alcancen grandes dimensiones.

POKÉMON ESCUDO:

Posee una fuerza aterradora. Su imponente aspecto y proverbial indolencia hacen que sea fácil confundirlo con una montaña.

Snorunt
Pokémon Gorro Nieve

TIPO:
Hielo

Pronunciación: snó.runt
Altura imperial: 2'4"
Altura métrica: 0,7 m
Peso imperial: 37 lbs.
Peso métrico: 16,8 kg
Sexo: ♂ ♀
Habilidades: Foco Interno / Gélido
Debilidades: Fuego, Lucha, Roca, Acero

POKÉMON ESPADA:
Dicen que, si aparece a medianoche, provoca grandes nevadas. Se alimenta de nieve y hielo.

POKÉMON ESCUDO:
Las regiones frías son su hábitat natural. Se encuentra a sus anchas incluso en lugares donde la temperatura alcanza los -100 °C.

Snorunt

Froslass

Glalie

TIPO:
**Planta-
Hielo**

Snover
Pokémon Árbol Nieve

Pronunciación: snóu.ber
Altura imperial: 3'3"
Altura métrica: 1,0 m
Peso imperial: 111,3 lbs.
Peso métrico: 50,5 kg
Sexo: ♂ ♀
Habilidades: Nevada
Debilidades: Fuego, Bicho, Lucha, Volador, Veneno, Roca, Acero

POKÉMON ESPADA:
Viven en montañas perennemente nevadas. Hunden las piernas en la nieve y absorben tanto humedad como aire frío.

POKÉMON ESCUDO:
Las bayas con aspecto de helado que le crecen alrededor de la barriga son la comida favorita de los Darumaka que habitan en Galar.

Snover   **Abomasnow**

Sobble

Pokémon Acuartija

Pronunciación: só.bel
Altura imperial: 1'
Altura métrica: 0,3 m
Peso imperial: 8,8 lbs.
Peso métrico: 4,0 kg
Sexo: ♂ ♀
Habilidades: Torrente
Debilidades: Planta, Eléctrico

POKÉMON ESPADA:
Cuando se espanta, libera unas lágrimas con un factor lacrimógeno equivalente a 100 cebollas para hacer llorar también al rival.

POKÉMON ESCUDO:
Al mojarse, su piel cambia de color y pasa a ser invisible, como si se hubiese camuflado.

Sobble   Drizzile   Inteleon

Solosis

Pokémon Célula

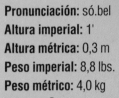

Pronunciación: so.ló.sis
Altura imperial: 1'
Altura métrica: 0,3 m
Peso imperial: 2,2 lbs.
Peso métrico: 1,0 kg
Sexo: ♂ ♀
Habilidades: Funda / Muro Mágico
Debilidades: Bicho, Fantasma, Siniestro

POKÉMON ESPADA:
Se comunica mediante telepatía. Si recibe un fuerte golpe, la sustancia viscosa que lo envuelve se desparrama.

POKÉMON ESCUDO:
Se cree que la sustancia viscosa que lo envuelve le permite sobrevivir en el espacio exterior.

Solosis   Duosion   Reuniclus

Solrock
Pokémon Meteorito

TIPO:
Roca-
Psíquico

Pronunciación: sól.rrok
Altura imperial: 3'11"
Altura métrica: 1,2 m
Peso imperial: 339,5 lbs.
Peso métrico: 154,0 kg
Sexo: Desconocido
Habilidades: Levitación
Debilidades: Bicho, Siniestro, Fantasma, Planta, Acero, Agua

POKÉMON ESPADA:
Al girar emite una luz como la del sol, con la que consigue deslumbrar a sus enemigos.

POKÉMON ESCUDO:
Usa el sol como fuente de energía, por lo que es más poderoso de día. Brilla al rotar.

No evoluciona.

Spritzee
Pokémon Aroma

TIPO:
Hada

Pronunciación: sprít.si
Altura imperial: 8"
Altura métrica: 0,2 m
Peso imperial: 1,1 lbs.
Peso métrico: 0,5 kg
Sexo: ♂ ♀
Habilidades: Alma Cura
Debilidades: Acero, Veneno

POKÉMON ESPADA:
Posee un órgano interno con el cual produce una fragancia que varía en función de los alimentos que ingiere.

POKÉMON ESCUDO:
Su cuerpo emana una fragancia que embelesa a quien la huele. Llegó a ser muy apreciado entre las damas de la nobleza.

Spritzee   ⇨   Aromatisse

Steelix

Pokémon Serpiente Férrea

TIPO: Acero-Tierra

Pronunciación: stí.liks
Altura imperial: 30'2"
Altura métrica: 9,2 m
Peso imperial: 881,8 lbs.
Peso métrico: 400,0 kg
Sexo: ♂♀
Habilidades: Cabeza Roca / Robustez
Debilidades: Lucha, Fuego, Tierra, Agua

POKÉMON ESPADA:
Según dicen, si un Onix vive más de 100 años, su cuerpo adquiere una composición que recuerda a la de los diamantes.

POKÉMON ESCUDO:
Se cree que su cuerpo se ha ido transformando por el hierro acumulado en la tierra que ha ingerido.

Onix ⇒ Aceroix

Steenee

Pokémon Fruto

TIPO: Planta

Pronunciación: s.tí.ni
Altura imperial: 2'4"
Altura métrica: 0,7 m
Peso imperial: 18,1 lbs.
Peso métrico: 8,2 kg
Sexo: ♀
Habilidades: Defensa Hoja / Despiste
Debilidades: Fuego, Volador, Hielo, Veneno, Bicho

POKÉMON ESPADA:
Se mueve como si danzara, desprendiendo una dulce fragancia que provoca una sensación de felicidad en quien la inhala.

POKÉMON ESCUDO:
Si un Corvisquire viene a picotearlo, se defiende golpeándolo con el cáliz de la cabeza y con fuertes patadas.

Bounsweet ⇒ Steenee ⇒ Tsareena

Stonjourner

Pokémon Megalito

TIPO: Roca

Pronunciación: ston.yúr.ner
Altura imperial: 8'2"
Altura métrica: 2,5 m
Peso imperial: 1146,4 lbs.
Peso métrico: 520,0 kg
Sexo: ♂ ♀
Habilidades: Fuente Energía
Debilidades: Agua, Acero, Planta,
Lucha, Tierra

POKÉMON ESPADA:
Pasa el tiempo observando inmóvil el recorrido del sol sobre las extensas praderas que habita. Se especializa en técnicas de ágiles patadas.

POKÉMON ESCUDO:
Una vez al año y en una fecha concreta, tienen la costumbre de aparecer de la nada para reunirse y formar un círculo.

No evoluciona.

Stufful

Pokémon Rabieta

TIPO: Normal-Lucha

Pronunciación: s.tá.ful
Altura imperial: 1'8"
Altura métrica: 0,5 m
Peso imperial: 15 lbs.
Peso métrico: 6,8 kg
Sexo: ♂ ♀
Habilidades: Peluche / Zoquete
Debilidades: Psíquico, Volador,
Hada, Lucha

POKÉMON ESPADA:
Su suave pelaje invita a acariciarlo, pero quien cometa semejante temeridad recibirá un severo escarmiento.

POKÉMON ESCUDO:
Cuando patalea para tratar de defenderse resulta adorable, pero conviene no fiarse, ya que su fuerza sería capaz de derribar un árbol.

 ⇒

Stufful   **Bewear**

Stunfisk

Pokémon Trampa

TIPO:
Tierra-
Acero

Pronunciación: stán.fisk

Altura imperial: 2'4"

Altura métrica: 0,7 m

Peso imperial: 45,2 lbs.

Peso métrico: 20,5 kg

Sexo: ♂ ♀

Habilidades: Mimetismo

Debilidades: Fuego, Agua, Lucha, Tierra

POKÉMON ESPADA:

Al vivir en lodo rico en hierro, su cuerpo ha alcanzado la dureza del acero.

POKÉMON ESCUDO:

Atrae a su presa con los labios, que destacan al ocultar su cuerpo en el lodo, y la aferra con sus aletas serradas y duras como el acero.

No evoluciona.

Stunky
Pokémon Mofeta

TIPO:
Veneno-
Siniestro

Pronunciación: stán.ki
Altura imperial: 1'4"
Altura métrica: 0,4 m
Peso imperial: 42,3 lbs.
Peso métrico: 19,2 kg
Sexo: ♂♀
Habilidades: Hedor / Detonación
Debilidades: Tierra

POKÉMON ESPADA:
Expulsa un líquido de olor
nauseabundo por sus cuartos traseros
con el que puede acertar a su enemigo
en el rostro a 5 m de distancia.

POKÉMON ESCUDO:
Si levanta la cola y apunta los cuartos
traseros, es señal de que se dispone
a expulsar un líquido cuyo hedor
llega a provocar desmayos.

Stunky → Skuntank

Sudowoodo
Pokémon Imitación

TIPO:
Roca

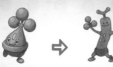

Pronunciación: su.do.bú.du
Altura imperial: 3'11"
Altura métrica: 1,2 m
Peso imperial: 83,8 lbs.
Peso métrico: 38,0 kg
Sexo: ♂♀
Habilidades: Robustez / Cabeza Roca
Debilidades: Lucha, Planta, Tierra,
Acero, Agua

POKÉMON ESPADA:
Quien vea agitarse un árbol sin que
sople el viento habrá encontrado un
Sudowoodo. En los días lluviosos,
sin embargo, se esconde.

POKÉMON ESCUDO:
Finge ser un árbol para evitar que
lo ataquen. Odia tanto el agua
que desaparecerá si empieza a llover.

Bonsly → Sudowoodo

Swinub

Pokémon Cerdo

TIPO: Hielo-Tierra

Pronunciación: suái.nab
Altura imperial: 1'4"
Altura métrica: 0,4 m
Peso imperial: 14,3 lbs.
Peso métrico: 6,5 kg
Sexo: ♂ ♀
Habilidades: Despiste / Manto Níveo
Debilidades: Lucha, Fuego, Planta, Acero, Agua

POKÉMON ESPADA:
Frota el hocico contra el suelo para desenterrar comida. A veces descubre aguas termales.

POKÉMON ESCUDO:
Si percibe un aroma tentador, se lanza de cabeza sin pensárselo dos veces para hallar su origen.

Swinub   Piloswine   Mamoswine

Swirlix

Pokémon Chuchería

TIPO: Hada

Pronunciación: suír.liks
Altura imperial: 1'4"
Altura métrica: 0,4 m
Peso imperial: 7,7 lbs.
Peso métrico: 3,5 kg
Sexo: ♂ ♀
Habilidades: Velo Dulce
Debilidades: Acero, Veneno

POKÉMON ESPADA:
Ingiere diariamente una cantidad de azúcar equivalente a su peso corporal. De lo contrario, se pone de muy mal humor.

POKÉMON ESCUDO:
Su esponjoso pelaje desprende un olor dulzón como el del algodón de azúcar. Escupe hebras pegajosas con las que envuelve a sus enemigos.

Swirlix   Slurpuff

Swoobat

Pokémon Galante

Pronunciación: sú.bat
Altura imperial: 2'11"
Altura métrica: 0,9 m
Peso imperial: 23,1 lbs.
Peso métrico: 10,5 kg
Sexo: ♂♀
Habilidades: Ignorante / Zoquete
Debilidades: Eléctrico, Hielo, Roca, Fantasma, Siniestro

POKÉMON ESPADA:
Tras emitir sus potentísimas ondas, queda tan exhausto que es incapaz de volar durante un tiempo.

POKÉMON ESCUDO:
En algunas regiones se venera a este Pokémon, ya que consideran la forma de su nariz como un símbolo de felicidad.

Woobat ⇨ Swoobat

Sylveon

TIPO: Hada

Pokémon Vínculo

Pronunciación: síl.be.on
Altura imperial: 3'3"
Altura métrica: 1,0 m
Peso imperial: 51,8 lbs.
Peso métrico: 23,5 kg
Sexo: ♂♀
Habilidades: Gran Encanto
Debilidades: Acero, Veneno

POKÉMON ESPADA:
Con sus apéndices sensoriales en forma de cinta, puede emitir ondas que neutralizan la hostilidad y detener así cualquier contienda.

POKÉMON ESCUDO:
En un cuento infantil de Galar se narra la victoria de un Sylveon de extraordinaria belleza sobre un temible Pokémon de tipo Dragón.

Eevee ⇨ Sylveon

Thievul
Pokémon Zorro

TIPO: Siniestro

Pronunciación: zí.bul
Altura imperial: 3'11"
Altura métrica: 1,2 m
Peso imperial: 43,9 lbs.
Peso métrico: 19,9 kg
Sexo: ♂ ♀
Habilidades: Fuga / Liviano
Debilidades: Hada, Bicho, Lucha

POKÉMON ESPADA:
Marca a su presa sin ser advertido. Sigue el olor y, cuando el otro Pokémon baja la guardia, aprovecha para robarle.

POKÉMON ESCUDO:
Un Pokémon ágil y de afiladas garras que se alimenta de huevos y comida robados. Los Boltund son su enemigo natural.

Nickit   Thievul

Throh
Pokémon Judo

TIPO: Lucha

Pronunciación: zro
Altura imperial: 4'3"
Altura métrica: 1,3 m
Peso imperial: 122,4 lbs.
Peso métrico: 55,5 kg
Sexo: ♂
Habilidades: Agallas / Foco Interno
Debilidades: Volador, Psíquico, Hada

POKÉMON ESPADA:
Su técnica de lanzamiento es formidable. El sudor que exhala durante el combate impregna su cinturón, cuyo color se vuelve más intenso.

POKÉMON ESCUDO:
Entrenan en grupos de cinco individuos. Si alguno es incapaz de seguir el ritmo, arroja el cinturón y abandona al grupo.

No evoluciona.

Thwackey
Pokémon Ritmo

Pronunciación: zuá.ki
Altura imperial: 2'4"
Altura métrica: 0,7 m
Peso imperial: 30,9 lbs.
Peso métrico: 14,0 kg
Sexo: ♂♀
Habilidades: Espesura
Debilidades: Fuego, Volador, Hielo, Veneno, Bicho

POKÉMON ESPADA:
Los Thwackey que marcan el ritmo más contundente con sus dos baquetas son los más respetados por sus congéneres.

POKÉMON ESCUDO:
Se concentra tanto en marcar el ritmo que, cuando su rival se debilita en combate, no se da ni cuenta.

Grookey   Thwackey   Rillaboom

Timburr
Pokémon Musculoso

TIPO: Lucha

Pronunciación: tím.bur
Altura imperial: 2'
Altura métrica: 0,6 m
Peso imperial: 27,6 lbs.
Peso métrico: 12,5 kg
Sexo: ♂♀
Habilidades: Agallas / Potencia Bruta
Debilidades: Volador, Psíquico, Hada

POKÉMON ESPADA:
Le gusta ayudar en labores de construcción. Cuando la lluvia obliga a interrumpir las obras, blande con furia su viga de madera.

POKÉMON ESCUDO:
Cuando logra transportar una viga de madera que triplica su altura y peso, es señal de que va a evolucionar.

Timburr   Gurdurr   Conkeldurr

Togedemaru

Pokémon Bolita

TIPO:
Eléctrico-Acero

Pronunciación: to.ge.de.má.ru
Altura imperial: 1'
Altura métrica: 0,3 m
Peso imperial: 7,3 lbs.
Peso métrico: 3,3 kg
Sexo: ♂ ♀
Habilidades: Punta Acero / Pararrayos
Debilidades: Fuego, Lucha, Tierra

POKÉMON ESPADA:
Utiliza el apéndice de la cabeza para absorber los rayos o los ataques de los Pokémon de tipo Eléctrico para recargar su bolsa.

POKÉMON ESCUDO:
Cuando se encuentra en peligro, se hace una bola, eriza las púas del lomo y propina descargas eléctricas a diestra y siniestra.

No evoluciona.

Togekiss

TIPO:
Hada-Volador

Pokémon Festejo

Pronunciación: tó.ge.kis
Altura imperial: 4'11"
Altura métrica: 1,5 m
Peso imperial: 83,8 lbs.
Peso métrico: 38,0 kg
Sexo: ♂ ♀
Habilidades: Entusiasmo / Dicha
Debilidades: Eléctrico, Hielo, Roca, Acero, Veneno

POKÉMON ESPADA:
Este Pokémon jamás se muestra en lugares donde reine la discordia y la disensión. Últimamente apenas se avistan ejemplares.

POKÉMON ESCUDO:
Se dice que es portador de buena suerte. Por ello, su imagen aparece representada en talismanes y amuletos desde la antigüedad.

Togepi ⇒ Togetic ⇒ Togekiss

Togepi
Pokémon Bolaclavos

TIPO:
Hada

Pronunciación: tó.ge.pi
Altura imperial: 1'
Altura métrica: 0,3 m
Peso imperial: 3,3 lbs.
Peso métrico: 1,5 kg
Sexo: ♂ ♀
Habilidades: Entusiasmo / Dicha
Debilidades: Acero, Veneno

POKÉMON ESPADA:
El cascarón parece estar lleno de alegría. Dicen que trae buena suerte si se le trata con cariño.

POKÉMON ESCUDO:
Se lo considera un simbolo de buena suerte y, según se dice, su cascarón está lleno de alegría.

Togepi → Togetic → Togekiss

TIPO:
Hada-
Volador

Togetic
Pokémon Felicidad

Pronunciación: tó.ge.tik
Altura imperial: 2'
Altura métrica: 0,6 m
Peso imperial: 7,1 lbs.
Peso métrico: 3,2 kg
Sexo: ♂ ♀
Habilidades: Entusiasmo / Dicha
Debilidades: Eléctrico, Hielo, Roca, Acero, Veneno

POKÉMON ESPADA:
Dicen que se le aparece a la gente de buen corazón y la inunda de felicidad.

POKÉMON ESCUDO:
Si no está con gente amable, se entristece. Puede flotar en el aire sin mover las alas.

Togepi → Togetic → Togekiss

Torkoal

Pokémon Carbón

TIPO: Fuego

Pronunciación: tór.ko.ul
Altura imperial: 1'8"
Altura métrica: 0,5 m
Peso imperial: 177,3 lbs.
Peso métrico: 80,4 kg
Sexo: ♂♀
Habilidades: Humo Blanco / Sequía
Debilidades: Tierra, Roca, Agua

POKÉMON ESPADA:
Quema carbón en su caparazón para obtener energía. Si se ve amenazado, despide un hollín negro.

POKÉMON ESCUDO:
Se junta con numerosos congéneres para establecer su morada en minas abandonadas, donde se afanan en localizar y extraer carbón.

No evoluciona.

TIPO: Veneno-Agua

Toxapex

Pokémon Estrellatroz

Pronunciación: tók.sa.peks
Altura imperial: 2'4"
Altura métrica: 0,7 m
Peso imperial: 32 lbs.
Peso métrico: 14,5 kg
Sexo: ♂♀
Habilidades: Ensañamiento / Flexibilidad
Debilidades: Psíquico, Eléctrico, Tierra

POKÉMON ESPADA:
Para resistir las bajas temperaturas de las aguas de Galar, forma una cúpula con las patas y calienta el interior con el calor de su cuerpo.

POKÉMON ESCUDO:
La bolsa de veneno en el interior de su cuerpo contiene toxinas tan potentes que provocarían tres días de dolores intensos hasta a un Wailord.

 ➡

Mareanie   Toxapex

Toxel
Pokémon Retoño

Pronunciación: tók.sel
Altura imperial: 1'4"
Altura métrica: 0,4 m
Peso imperial: 24,3 lbs.
Peso métrico: 11,0 kg
Sexo: ♂ ♀
Habilidades: Cobardía / Electricidad Estática
Debilidades: Psíquico, Tierra

POKÉMON ESPADA:
Secreta toxinas por la piel y las almacena en una bolsa de veneno interna. Tocarlo da calambre.

POKÉMON ESCUDO:
Provoca una reacción química para generar energía eléctrica con sus toxinas. Aunque de bajo voltaje, puede causar entumecimiento.

Toxel ⇨ Toxtricity

TIPO:
Veneno-
Lucha

Toxicroak
Pokémon Boca Tóxica

Pronunciación: tók.si.krouk
Altura imperial: 4'3"
Altura métrica: 1,3 m
Peso imperial: 97,9 lbs.
Peso métrico: 44,4 kg
Sexo: ♂ ♀
Habilidades: Anticipación / Piel Seca
Debilidades: Psíquico, Volador, Tierra

POKÉMON ESPADA:
Se abalanza sobre el rival y lo destroza con sus garras venenosas. Basta un rasguño para debilitar al adversario.

POKÉMON ESCUDO:
Cuando abate una presa, emite un croar de victoria a pleno pulmón. Está emparentado con los Seismitoad.

Croagunk ⇨ Toxicroak

Toxtricity
Pokémon Punki

Forma Aguda

Forma Grave

Pronunciación: toks.trí.si.ti
Altura imperial: 5'3"
Altura métrica: 1,6 m
Peso imperial: 88,2 lbs.
Peso métrico: 40,0 kg
Sexo: ♂ ♀
Habilidades: Punk Rock / Más
Debilidades: Psíquico, Tierra

POKÉMON ESPADA:

Cuando se rasga las protuberancias del pecho para generar energía eléctrica, emite un sonido similar al de una guitarra, que reverbera en el entorno.

POKÉMON ESCUDO:

Posee un carácter belicoso e irascible. Bebe una gran cantidad de agua estancada para absorber sus toxinas.

Toxel

Toxtricity

Tranquill
Pokémon Torcaz

Pronunciación: trán.kuil
Altura imperial: 2'
Altura métrica: 0,6 m
Peso imperial: 33,1 lbs.
Peso métrico: 15,0 kg
Sexo: ♂ ♀
Habilidades: Sacapecho / Afortunado
Debilidades: Eléctrico, Hielo, Roca

POKÉMON ESPADA:
Posee una velocidad de vuelo nada desdeñable. Por más que se aleje, siempre recuerda el camino de regreso a su nido o hasta su Entrenador.

POKÉMON ESCUDO:
Posee una mente ágil y muy buena memoria. Tal vez por eso muchos repartidores lo eligen como compañero.

Pidove → Tranquill → Unfezant (macho)
→ Unfezant (hembra)

Trapinch
Pokémon Hormiga León

TIPO:
Tierra

Pronunciación: trá.pinch
Altura imperial: 2'4"
Altura métrica: 0,7 m
Peso imperial: 33,1 lbs.
Peso métrico: 15,0 kg
Sexo: ♂ ♀
Habilidades: Corte Fuerte / Trampa Arena
Debilidades: Planta, Hielo, Agua

POKÉMON ESPADA:
Si una presa cae en las fosas cóncavas de arena que cava en el desierto, no podrá salir de ellas.

POKÉMON ESCUDO:
Excava fosas cóncavas, de las cuales resulta imposible escapar, y espera a que una presa caiga en su interior.

 Trapinch → Vibrava → Flygon

Trevenant

Pokémon Árbol Viejo

TIPO: Fantasma-Planta

Pronunciación: tré.be.nant
Altura imperial: 4'11"
Altura métrica: 1,5 m
Peso imperial: 156,5 lbs.
Peso métrico: 71,0 kg
Sexo: ♂♀
Habilidades: Cura Natural / Cacheo
Debilidades: Fantasma, Fuego, Volador, Siniestro, Hielo

POKÉMON ESPADA:
Los humanos lo temen porque devora a quienes osen talar los árboles, pero es amable con los Pokémon que habitan en el bosque.

POKÉMON ESCUDO:
Puede extender las finas raíces que le brotan de las extremidades inferiores para conectarse con el resto de los árboles y controlarlos a voluntad.

Phantump ⇨ Trevenant

Trubbish

TIPO: Veneno

Pokémon Bolsa Basura

Pronunciación: trá.bish
Altura imperial: 2'
Altura métrica: 0,6 m
Peso imperial: 68,3 lbs.
Peso métrico: 31,0 kg
Sexo: ♂♀
Habilidades: Hedor / Viscosidad
Debilidades: Tierra, Psíquico

POKÉMON ESPADA:
Le gustan los lugares insalubres. Puede llegar a establecerse en las casas de aquellas personas que no hagan la limpieza con regularidad.

POKÉMON ESCUDO:
Nació a partir de una rebosante bolsa de basura. Los gases nocivos que eructa son un manjar para los Weezing de Galar.

 ⇨

Trubbish   Garbodor

Tsareena
Pokémon Fruto

Pronunciación: tsa.rí.na
Altura imperial: 3'11"
Altura métrica: 1,2 m
Peso imperial: 47,2 lbs.
Peso métrico: 21,4 kg
Sexo: ♀
Habilidades: Defensa Hoja / Regia Presencia
Debilidades: Fuego, Volador, Hielo, Veneno, Bicho

POKÉMON ESPADA:

Sus piernas son tan esbeltas como cruel es su corazón. Un temible Pokémon que pisotea sin piedad al rival.

POKÉMON ESCUDO:

Propina patadas con sus duras y puntiagudas piernas, con las que deja heridas indelebles en el cuerpo y el corazón del adversario.

Bounsweet ⇨ Steenee ⇨ Tsareena

Turtonator
Pokémon Tortugabomba

TIPO:
Fuego-
Dragón

Pronunciación: tur.to.néi.tor
Altura imperial: 6'7"
Altura métrica: 2,0 m
Peso imperial: 467,4 lbs.
Peso métrico: 212,0 kg
Sexo: ♂♀
Habilidades: Caparazón
Debilidades: Tierra, Roca, Dragón

POKÉMON ESPADA:
Su caparazón está recubierto de un material explosivo. Responde con un gran estallido a todo aquel que lo ataque.

POKÉMON ESCUDO:
El material explosivo de su caparazón está compuesto por el azufre del que se alimenta. Sus excrementos explosivos son muy peligrosos.

No evoluciona.

TIPO:
Agua

Tympole
Pokémon Renacuajo

Pronunciación: tím.pol
Altura imperial: 1'8"
Altura métrica: 0,5 m
Peso imperial: 9,9 lbs.
Peso métrico: 4,5 kg
Sexo: ♂♀
Habilidades: Nado Rápido / Hidratación
Debilidades: Planta, Eléctrico

POKÉMON ESPADA:
El agudo canto de los Tympole bajo el agua crea hermosas ondas que se extienden por la superficie.

POKÉMON ESCUDO:
Se comunica con los suyos mediante ondas sonoras. Su grito de alerta es imperceptible para los humanos y el resto de los Pokémon.

 ⇨ ⇨

Tympole **Palpitoad** **Seismitoad**

Tyranitar
Pokémon Coraza

Pronunciación: ti.rá.ni.tar
Altura imperial: 6'7"
Altura métrica: 2,0 m
Peso imperial: 445,3 lbs.
Peso métrico: 202,0 kg
Sexo: ♂ ♀
Habilidades: Chorro Arena
Debilidades: Lucha, Bicho, Planta, Tierra, Acero, Agua, Hada

POKÉMON ESPADA:

Casi ningún ataque hace mella en su cuerpo, por lo que le encanta desafiar a sus enemigos.

POKÉMON ESCUDO:

Sus estrepitosos pasos derrumban montañas y hacen que el terreno a su alrededor cambie drásticamente.

Larvitar ➡ Pupitar ➡ Tyranitar

Tyrogue

Pokémon Peleón

TIPO: Lucha

Pronunciación: tai.róug
Altura imperial: 2'4"
Altura métrica: 0,7 m
Peso imperial: 46,3 lbs.
Peso métrico: 21,0 kg
Sexo: ♂
Habilidades: Agallas / Impasible
Debilidades: Volador, Psíquico, Hada

POKÉMON ESPADA:
Siempre está rebosante de energía. Por muchas derrotas que acumule, no deja de plantar cara a sus rivales con tal de fortalecerse.

POKÉMON ESCUDO:
Su pequeño tamaño no debe ser motivo para subestimarlo, ya que se liará de inmediato a golpes con cualquier rival que estime oportuno.

Hitmonlee

Tyrogue   **Hitmonchan**

Hitmontop

TIPO: Siniestro

Umbreon

Pokémon Luz Lunar

Pronunciación: úm.breon
Altura imperial: 3'3"
Altura métrica: 1,0 m
Peso imperial: 59,5 lbs.
Peso métrico: 27,0 kg
Sexo: ♂ ♀
Habilidades: Sincronía
Debilidades: Lucha, Bicho, Hada

POKÉMON ESPADA:
Cuando se enfurece, secreta un sudor venenoso por los poros que lanza a los ojos de sus enemigos.

POKÉMON ESCUDO:
En las noches de luna llena, o cuando se exalta, le empiezan a brillar los anillos de color dorado.

Eevee   **Umbreon**

Unfezant
Pokémon Altanero

Hembra

Pronunciación: an.fé.sant
Altura imperial: 3'11"
Altura métrica: 1,2 m
Peso imperial: 63,9 lbs.
Peso métrico: 29,0 kg
Sexo: ♂ ♀
Habilidades: Sacapecho / Afortunado
Debilidades: Eléctrico, Hielo, Roca

Macho

HEMBRA

POKÉMON ESPADA:

Este Pokémon vuela con destreza
y posee una gran resistencia.
Las hembras son menos afables
con los humanos que los machos.

POKÉMON ESCUDO:

Es un Pokémon muy inteligente
y orgulloso. Se tiene en alta estima
a aquellos que se convierten en
sus Entrenadores.

MACHO

POKÉMON ESPADA:

Hacen gala de una soberbia destreza
al volar. La hembra posee una mayor
resistencia, mientras que el macho
la supera en velocidad.

POKÉMON ESCUDO:

Es un Pokémon muy inteligente
y orgulloso. Se tiene en alta estima
a aquellos que se convierten en sus
Entrenadores.

Pidove → **Tranquill** → **Unfezant
(macho)**

↘ **Unfezant
(hembra)**

237

Vanillish

Pokémon Nieve Helada

TIPO:
Hielo

Pronunciación: ba.ní.lish
Altura imperial: 3'7"
Altura métrica: 1,1 m
Peso imperial: 90,4 lbs.
Peso métrico: 41,0 kg
Sexo: ♂ ♀
Habilidades: Gélido / Manto Níveo
Debilidades: Fuego, Lucha, Roca, Acero

POKÉMON ESPADA:
Bebe agua pura para agrandar su cuerpo de hielo. Apenas se ven ejemplares durante los días soleados.

POKÉMON ESCUDO:
Congela a sus enemigos con un vaho a -100 °C, pero no llega a arrebatarles la vida debido a su carácter benévolo.

Vanillite Vanillish Vanilluxe

TIPO:
Hielo

Vanillite

Pokémon Nieve Fresca

Pronunciación: ba.ní.lait
Altura imperial: 1'4"
Altura métrica: 0,4 m
Peso imperial: 12,6 lbs.
Peso métrico: 5,7 kg
Sexo: ♂ ♀
Habilidades: Gélido / Manto Níveo
Debilidades: Fuego, Lucha, Roca, Acero

POKÉMON ESPADA:
No puede vivir en lugares muy cálidos. Provoca nevadas exhalando un vaho gélido y luego se acurruca en la nieve acumulada para dormir.

POKÉMON ESCUDO:
Este Pokémon nació a partir de un carámbano. Exhala un vaho a -50 °C con el que congela el ambiente para adaptarlo a sus necesidades.

Vanillite Vanillish Vanilluxe

Vanilluxe

Pokémon Nieve Gélida

Pronunciación: ba.ní.laks
Altura imperial: 4'3"
Altura métrica: 1,3 m
Peso imperial: 126,8 lbs.
Peso métrico: 57,5 kg
Sexo: ♂ ♀
Habilidades: Gélido / Nevada
Debilidades: Fuego, Lucha, Roca, Acero

POKÉMON ESPADA:

Cuando su rabia alcanza el punto máximo, genera una ventisca que congela tanto a amigos como a enemigos.

POKÉMON ESCUDO:

Su temperatura corporal ronda los -6 °C. Se dice que nace de la fusión de dos Vanillish.

Vanillite   Vanillish   Vanilluxe

Vaporeon

Pokémon Burbuja

Pronunciación: ba.pó.reon
Altura imperial: 3'3"
Altura métrica: 1,0 m
Peso imperial: 63,9 lbs.
Peso métrico: 29,0 kg
Sexo: ♂ ♀
Habilidades: Absorbe Agua
Debilidades: Eléctrico, Planta

POKÉMON ESPADA:

Cuando las aletas de Vaporeon comienzan a vibrar, significa que lloverá en las próximas horas.

POKÉMON ESCUDO:

La composición celular de su cuerpo es tan similar a la estructura molecular del agua que se vuelve invisible al fundirse en ella.

Eevee   Vaporeon

Vespiquen

Pokémon Colmena

Pronunciación: bés.pi.kuen
Altura imperial: 3'11"
Altura métrica: 1,2 m
Peso imperial: 84,9 lbs.
Peso métrico: 38,5 kg
Sexo: ♀
Habilidades: Presión
Debilidades: Roca, Eléctrico, Fuego, Volador, Hielo

POKÉMON ESPADA:
Combate dirigiendo a sus larvas, que obedecen a su reina sin rechistar y se sacrifican por ella si es necesario.

POKÉMON ESCUDO:
Cuanto mayor sea la cantidad de feromonas que segregue, mayor será el número de Combee que pueda controlar.

Combee → **Vespiquen**

Vibrava

Pokémon Vibrante

TIPO:
Tierra-
Dragón

Pronunciación: bai.brá.ba
Altura imperial: 3'7"
Altura métrica: 1,1 m
Peso imperial: 33,7 lbs.
Peso métrico: 15,3 kg
Sexo: ♂ ♀
Habilidades: Levitación
Debilidades: Hielo, Dragón, Hada

POKÉMON ESPADA:
Al agitar sus alas a gran velocidad, emite ondas ultrasónicas que provocan fuertes dolores de cabeza.

POKÉMON ESCUDO:
Para terminar de desarrollar sus alas, se nutre a diario de un gran número de presas, a las que disuelve con ácido antes de devorarlas.

Trapinch → **Vibrava** → **Flygon**

Vikavolt
Pokémon Escarabajo

Pronunciación: ví.ka.volt
Altura imperial: 4'11"
Altura métrica: 1,5 m
Peso imperial: 99,2 lbs.
Peso métrico: 45,0 kg
Sexo: ♂ ♀
Habilidades: Levitación
Debilidades: Fuego, Roca

POKÉMON ESPADA:
Acumula en sus enormes mandíbulas la carga eléctrica que genera en su abdomen y la libera en forma de rayos de alto voltaje.

POKÉMON ESCUDO:
Cuando vuela llevando consigo un Charjabug a modo de batería adicional, puede liberar potentes descargas electromagnéticas.

Grubbin ➡ Charjabug ➡ Vikavolt

TIPO:
Planta-Veneno

Vileplume
Pokémon Flor

Pronunciación: báil.plum
Altura imperial: 3'11"
Altura métrica: 1,2 m
Peso imperial: 41 lbs.
Peso métrico: 18,6 kg
Sexo: ♂ ♀
Habilidades: Clorofila
Debilidades: Fuego, Volador, Hielo, Psíquico

POKÉMON ESPADA:
Tiene los pétalos más grandes del mundo. Al caminar, de ellos se desprenden densas nubes de polen tóxico.

POKÉMON ESCUDO:
Cuanto mayores son sus pétalos, más tóxico es su polen. Le pesa la cabeza y le cuesta mantenerla erguida.

Oddish ➡ Gloom ➡ Vileplume
➡ Bellossom

Vullaby

Pokémon Pañal

TIPO: Siniestro-Volador

Pronunciación: bú.la.bai
Altura imperial: 1'8"
Altura métrica: 0,5 m
Peso imperial: 19,8 lbs.
Peso métrico: 9,0 kg
Sexo: ♀
Habilidades: Sacapecho / Funda
Debilidades: Eléctrico, Hielo, Roca, Hada

POKÉMON ESPADA:
Usa una calavera para proteger sus posaderas. A menudo pelea con sus congéneres para hacerse con la más cómoda.

POKÉMON ESCUDO:
Deja en el nido las calaveras que va descartando a medida que crece con celeridad para que las reutilicen futuras generaciones.

Vullaby **Mandibuzz**

Vulpix

Pokémon Zorro

TIPO: Fuego

Pronunciación: búl.piks
Altura imperial: 2'
Altura métrica: 0,6 m
Peso imperial: 21,8 lbs.
Peso métrico: 9,9 kg
Sexo: ♂ ♀
Habilidades: Absorbe Fuego
Debilidades: Tierra, Roca, Agua

POKÉMON ESPADA:
De pequeño, tiene seis colas de gran belleza. A medida que crece, le van saliendo más.

POKÉMON ESCUDO:
Su pelaje se va volviendo más suave, lustroso y bello a medida que le crecen las seis colas. Al abrazarlo, emana una ligera calidez.

Vulpix **Ninetales**

Wailmer

Pokémon Ballenabola

Pronunciación: uéil.mer
Altura imperial: 6'7"
Altura métrica: 2,0 m
Peso imperial: 286,6 lbs.
Peso métrico: 130,0 kg
Sexo: ♂ ♀
Habilidades: Velo Agua / Despiste
Debilidades: Eléctrico, Planta

POKÉMON ESPADA:

Wailmer se come una tonelada de Wishiwashi cada día. Le gusta llamar la atención expulsando chorros de agua marina por su espiráculo.

POKÉMON ESCUDO:

Cuando traga una gran cantidad de agua marina, se hincha hasta parecer una pelota. Necesita una tonelada de alimento al día.

Wailmer ⇨ **Wailord**

Wailord

Pokémon Ballenaflot

TIPO: Agua

Pronunciación: uéi.lord
Altura imperial: 47'7"
Altura métrica: 14,5 m
Peso imperial: 877,4 lbs.
Peso métrico: 398,0 kg
Sexo: ♂ ♀
Habilidades: Velo Agua / Despiste
Debilidades: Eléctrico, Planta

POKÉMON ESPADA:

Puede dejar fuera de combate a sus oponentes con el impacto de su enorme cuerpo al caer en el agua tras uno de sus saltos.

POKÉMON ESCUDO:

Su descomunal tamaño lo convierte en un Pokémon muy popular. Los enclaves turísticos donde se avistan Wailord son todo un éxito.

Wailmer ⇨ **Wailord**

Weavile

Pokémon Garra Filo

TIPO: Siniestro-Hielo

Pronunciación: uí.bail
Altura imperial: 3'7"
Altura métrica: 1,1 m
Peso imperial: 75 lbs.
Peso métrico: 34,0 kg
Sexo: ♂ ♀
Habilidades: Presión
Debilidades: Lucha, Bicho, Fuego, Roca, Acero, Hada

POKÉMON ESPADA:
Cazan en grupo, lo que les permite abatir con facilidad presas de gran tamaño, como los Mamoswine.

POKÉMON ESCUDO:
Se comunican mediante marcas que tallan con sus garras. Se cree que tienen un repertorio de más de 500.

Sneasel ➡ **Weavile**

FORMA DE GALAR

Weezing

Pokémon Gas Venenoso

TIPO: Veneno-Hada

Pronunciación: uí.zing
Altura imperial: 9'10"
Altura métrica: 3,0 m
Peso imperial: 35,3 lbs.
Peso métrico: 16,0 kg
Sexo: ♂ ♀
Habilidades: Levitación / Gas Reactivo
Debilidades: Acero, Psíquico, Tierra

POKÉMON ESPADA:
Absorbe las partículas contaminantes de la atmósfera y expulsa aire limpio.

POKÉMON ESCUDO:
Se desconoce el motivo, pero adoptó esta forma tiempo atrás, cuando las numerosas chimeneas de las fábricas de la región contaminaban el aire.

Koffing ➡ **Weezing Forma de Galar**

Whimsicott

Pokémon Vuelalviento

TIPO:
Planta-
Hada

Pronunciación: uím.si.kot
Altura imperial: 2'4"
Altura métrica: 0,7 m
Peso imperial: 14,6 lbs.
Peso métrico: 6,6 kg
Sexo: ♂♀
Habilidades: Bromista / Allanamiento
Debilidades: Fuego, Hielo, Veneno, Volador, Acero

POKÉMON ESPADA:
Este travieso Pokémon se divierte esparciendo bolas de algodón. Al mojarlo, su peso aumenta tanto que no logra moverse y se da por vencido.

POKÉMON ESCUDO:
Su algodón se expande cuando recibe los rayos del sol, pero acaba desprendiéndose si se vuelve demasiado voluminoso.

Cottonee **Whimsicott**

Whiscash

Pokémon Bigotudo

TIPO:
Agua-
Tierra

Pronunciación: uís.kash
Altura imperial: 2'11"
Altura métrica: 0,9 m
Peso imperial: 52 lbs.
Peso métrico: 23,6 kg
Sexo: ♂♀
Habilidades: Despiste / Anticipación
Debilidades: Planta

POKÉMON ESPADA:
Construye su nido en el fondo de los pantanos. Es tan voraz que no le hace ascos a ningún tipo de comida, siempre que se trate de seres vivos.

POKÉMON ESCUDO:
Habita en grandes pantanos. Si se acerca un enemigo, monta en cólera y causa temblores monumentales.

Barboach **Whiscash**

Wimpod

Pokémon Huidizo

TIPO:
Bicho-Agua

Pronunciación: uím.pod
Altura imperial: 1'8"
Altura métrica: 0,5 m
Peso imperial: 26,5 lbs.
Peso métrico: 12,0 kg
Sexo: ♂ ♀
Habilidades: Huida
Debilidades: Volador, Eléctrico, Roca

POKÉMON ESPADA:
Hace de barrendero natural al ir devorándolo todo, basura y podredumbre incluidas. Alrededor de su nido reina siempre la mayor pulcritud.

POKÉMON ESCUDO:
Forman colonias y permanecen siempre alerta. En cuanto perciben a un enemigo, salen huyendo en todas direcciones.

Wimpod ⇨ Golisopod

Wingull

Pokémon Gaviota

TIPO:
Agua-Volador

Pronunciación: uín.gul
Altura imperial: 2'
Altura métrica: 0,6 m
Peso imperial: 20,9 lbs.
Peso métrico: 9,5 kg
Sexo: ♂ ♀
Habilidades: Vista Lince / Hidratación
Debilidades: Eléctrico, Roca

POKÉMON ESPADA:
Construye sus nidos en acantilados escarpados. Aprovecha la brisa marina para elevarse hacia el inmenso cielo y planear.

POKÉMON ESCUDO:
Aprovecha las corrientes de aire para ganar altura sin necesidad de batir las alas. Anida en acantilados costeros.

Wingull ⇨ Pelipper

Wishiwashi

Pokémon Pececillo

Pronunciación: ui.shi.uá.shi
Altura imperial: 8"
Altura métrica: 0,2 m
Peso imperial: 0,7 lbs.
Peso métrico: 0,3 kg
Sexo: ♂ ♀
Habilidades: Banco
Debilidades: Planta, Eléctrico

Forma Banco

POKÉMON ESPADA:

Debido a su manifiesta debilidad cuando van solos, han adquirido la capacidad de agruparse en bancos a la hora de enfrentarse a un enemigo.

POKÉMON ESCUDO:

Al sentirse amenazado, le lloran los ojos. La luz que se refleja en sus lágrimas sirve de señal a sus congéneres para agruparse en gran número.

No evoluciona.

Wobbuffet

Pokémon Paciente

Pronunciación: uó.bu.fet
Altura imperial: 4'3"
Altura métrica: 1,3 m
Peso imperial: 62,8 lbs.
Peso métrico: 28,5 kg
Sexo: ♂ ♀
Habilidades: Sombra Trampa
Debilidades: Bicho, Siniestro, Fantasma

POKÉMON ESPADA:

Odia la luz y las sacudidas. Si le atacan, infla su cuerpo para contraatacar con más ímpetu.

POKÉMON ESCUDO:

Para mantener oculta su negra cola, vive en silencio en la oscuridad. Nunca ataca primero.

Wynaut ➡ **Wobbuffet**

Woobat

Pokémon Murciélago

TIPO: Psíquico-Volador

Pronunciación: wú.bat
Altura imperial: 1'4"
Altura métrica: 0,4 m
Peso imperial: 4,6 lbs.
Peso métrico: 2,1 kg
Sexo: ♂ ♀
Habilidades: Ignorante / Zoquete
Debilidades: Eléctrico, Hielo, Roca, Fantasma, Siniestro

POKÉMON ESPADA:
Si al alzar la vista en una cueva se ven marcas con forma de corazón en las paredes, es señal de que Woobat la ha convertido en su guarida.

POKÉMON ESCUDO:
Emite ultrasonidos mientras revolotea en busca de los Pokémon insecto con los que se sustenta.

Woobat ⇒ Swoobat

Wooloo

Pokémon Oveja

TIPO: Normal

Pronunciación: wú.lu
Altura imperial: 2'
Altura métrica: 0,6 m
Peso imperial: 13,2 lbs.
Peso métrico: 6,0 kg
Sexo: ♂ ♀
Habilidades: Peluche / Fuga
Debilidades: Lucha

POKÉMON ESPADA:
Su lana rizada es tan acolchada que no se hace daño ni aunque se caiga por un precipicio.

POKÉMON ESCUDO:
Si le crece el pelo demasiado, no puede moverse. Las telas confeccionadas con lana de Wooloo son sorprendentemente resistentes.

Wooloo ⇒ Dubwool

Wooper

Pokémon Pez Agua

Pronunciación: u.ú.per
Altura imperial: 1'4"
Altura métrica: 0,4 m
Peso imperial: 18,7 lbs.
Peso métrico: 8,5 kg
Sexo: ♂ ♀
Habilidades: Humedad / Absorbe Agua
Debilidades: Planta

POKÉMON ESPADA:

Este Pokémon vive en aguas frias. Sale del agua para buscar comida cuando refresca el ambiente.

POKÉMON ESCUDO:

Cuando se desplaza en tierra firme, cubre su cuerpo con una membrana mucosa y venenosa para mantener hidratada la piel.

Wooper **Quagsire**

Wynaut

Pokémon Radiante

Pronunciación: uái.not
Altura imperial: 2'
Altura métrica: 0,6 m
Peso imperial: 30,9 lbs.
Peso métrico: 14,0 kg
Sexo: ♂ ♀
Habilidades: Sombra Trampa
Debilidades: Bicho, Siniestro, Fantasma

POKÉMON ESPADA:

Suelen ir en grupo. Templan su paciencia jugando a empujarse los unos a los otros.

POKÉMON ESCUDO:

Suelen ir en grupo y, a la hora de dormir, se pegan unos a otros para descansar resguardados en cuevas.

Wynaut **Wobbuffet**

Xatu

Pokémon Místico

TIPO: Psíquico-Volador

Pronunciación: shá.tu
Altura imperial: 4'11"
Altura métrica: 1,5 m
Peso imperial: 33,1 lbs.
Peso métrico: 15,0 kg
Sexo: ♂ ♀
Habilidades: Sincronía / Madrugar
Debilidades: Siniestro, Eléctrico, Fantasma, Hielo, Roca

POKÉMON ESPADA:
Dicen que se mantiene pràcticamente inmóvil y en silencio porque observa el pasado y el futuro al mismo tiempo.

POKÉMON ESCUDO:
Este extraño Pokémon puede ver el pasado y el futuro. Se pasa el día mirando al sol.

Natu ⇨ **Xatu**

FORMA DE GALAR
Yamask

Pokémon Espíritu

TIPO: Tierra-Fantasma

Pronunciación: ya.másk
Altura imperial: 1'8"
Altura métrica: 0,5 m
Peso imperial: 3,3 lbs.
Peso métrico: 1,5 kg
Sexo: ♂ ♀
Habilidades: Alma Errante
Debilidades: Agua, Fantasma, Planta, Siniestro, Hielo

POKÉMON ESPADA:
Yamask ha sido poseído por una tabla de arcilla sobre la que pesa una maldición. Se dice que absorbe y se nutre de rencor e inquina.

POKÉMON ESCUDO:
Se dice que este Pokémon no es sino un alma lastrada por un intenso rencor, atraída por una antigua tabla de arcilla.

Yamask Forma de Galar ⇨ **Runerigus**

Yamask

Pokémon Espíritu

TIPO: Fantasma

Pronunciación: ya.másk
Altura imperial: 1'8"
Altura métrica: 0,5 m
Peso imperial: 3,3 lbs.
Peso métrico: 1,5 kg
Sexo: ♂ ♀
Habilidades: Momia
Debilidades: Fantasma, Siniestro

POKÉMON ESPADA:
Merodea todas las noches entre ruinas. Se dice que la máscara que lleva replica su antiguo rostro humano.

POKÉMON ESCUDO:
Surgió del alma de una persona que vivió en tiempos remotos. Merodea por las ruinas en busca de alguien que reconozca su rostro.

Yamask ⇨ **Cofagrigus**

TIPO: Eléctrico

Yamper

Pokémon Perrito

Pronunciación: yám.per
Altura imperial: 1'
Altura métrica: 0,3 m
Peso imperial: 29,8 lbs.
Peso métrico: 13,5 kg
Sexo: ♂ ♀
Habilidades: Recogebolas
Debilidades: Tierra

POKÉMON ESPADA:
Al correr, genera electricidad por la base de la cola. Es muy popular entre los pastores de Galar.

POKÉMON ESCUDO:
Son muy glotones, por lo que ayudan a la gente a cambio de comida. Echan chispas al correr.

Yamper ⇨ **Boltund**

Zacian
Pokémon Guerrero

TIPO:
Hada-
Acero

Forma Espada Suprema

Pronunciación: zá.shian
Altura imperial: 9'2"
Altura métrica: 2,8 m
Peso imperial: 782,6 lbs.
Peso métrico: 355,0 kg
Sexo: Desconocido
Habilidades: Espada Indómita
Debilidades: Fuego, Tierra

POKÉMON ESPADA:
Esta forma había servido como arma en tiempos remotos. Es capaz de abatir de una sola estocada incluso a un Pokémon Gigamax.

POKÉMON ESCUDO:
En esta forma, capaz de cortar cualquier cosa, es temido y respetado y se lo conoce como la Regia Espada Silvana.

Forma Guerrero Avezado

No evoluciona.

TIPO:
Lucha-
Acero

Zamazenta
Pokémon Guerrero

**Forma
Escudo Supremo**

**Forma
Guerrero Avezado**

Pronunciación: za.ma.zén.ta
Altura imperial: 9'6"
Altura métrica: 2,9 m
Peso imperial: 1730,6 lbs.
Peso métrico: 785,0 kg
Sexo: Desconocido
Habilidades: Escudo Recio
Debilidades: Fuego, Lucha, Tierra

POKÉMON ESPADA:
Esta forma, temida y venerada por igual, le ha valido el nombre de Regio Escudo Guerrero por su capacidad de repeler cualquier ataque.

POKÉMON ESCUDO:
En esta forma, su capacidad defensiva es tal que puede bloquear con extrema facilidad incluso los ataques de un Pokémon Dinamax.

No evoluciona.

Zigzagoon
Pokémon Mapachito

TIPO:
Siniestro-
Normal

Pronunciación: zig.za.gún
Altura imperial: 1'4"
Altura métrica: 0,4 m
Peso imperial: 38,6 lbs.
Peso métrico: 17,5 kg
Sexo: ♂♀
Habilidades: Recogida / Gula
Debilidades: Hada, Bicho, Lucha

POKÉMON ESPADA:
Corretea por doquier sin descanso. En cuanto ve a otro Pokémon, se lanza contra él para provocarlo y buscar pelea.

POKÉMON ESCUDO:
Parece ser que esta es la forma primitiva de Zigzagoon. Arma un alboroto tremendo a su alrededor cuando se mueve en zigzag.

Zigzagoon
Forma
de Galar

Linoone
Forma
de Galar

Obstagoon

TIPO:
Siniestro-
Dragón

Zweilous
Pokémon Violento

Pronunciación: sbái.lus
Altura imperial: 4'7"
Altura métrica: 1,4 m
Peso imperial: 110,2 lbs.
Peso métrico: 50,0 kg
Sexo: ♂♀
Habilidades: Entusiasmo
Debilidades: Hielo, Lucha, Bicho, Dragón, Hada

POKÉMON ESPADA:
Rastrea su territorio en busca de alimento. A menudo sus dos cabezas son incapaces de acordar hacia qué dirección avanzar.

POKÉMON ESCUDO:
Las dos cabezas se disputan la comida con brutalidad. Por eso siempre está cubierto de heridas, aunque no haya combatido contra nadie.

Deino   Zweilous   Hydreigon

Guía definitiva de la región Galar
se terminó de imprimir en enero de 2021
en los talleres de
Litográfica Ingramex, S.A. de C.V.
Centeno 162-1, Col. Granjas Esmeralda, C.P. 09810,
Ciudad de México.